소중한 _____ 에게

_____ 가(이) 선물합니다.

_____

사람은
무엇으로 사는가

톨스토이 지음

1928년, 러시아 야스나야 폴랴나의 부유하고 유서 깊은 명문 귀족의 넷째 아들로 태어났으나 일찍이
부모를 여의고 숙모 밑에서 자랐습니다. 카잔 대학을 도중에 그만두고 개혁적인 농장을 운영했으나 실패했고,
24세 때 유년 시대를 발표하면서 문단에 나왔습니다. 군복무 중에 「소년 시대」「세바스토폴리 이야기」를 집필하여
청년 작가로서 인정을 받았으며, 「전쟁과 평화」「안나 카레니나」 등 수많은 명작과 「사람은 무엇으로 사는가」와 같은
민화를 남겼습니다. 톨스토이의 마지막 장편 소설이자 인류 문학사에 영원한 기념비인 「부활」을 발표했을 때는
그리스 정교를 비판했다는 이유로 파문당하기도 했습니다. 1910년 순례 여행을 하던 중 폐렴으로 세상을 떠났습니다.

심후섭 엮음

대구매일신문 신춘문예와 「월간 문학」 신인문학상에 동화가 당선되어 작품 활동을 시작했습니다.
그동안 동화집 「할머니 산소를 찾아간 의로운 소 누렁이」「소야, 웃어 봐」「싸리울의 분홍 메꽃」 등
30여 권을 펴내 새벗문학상 · 제1회 MBC창작동화대상 · 한국아동문학상 · 대구문학상 등을 받았습니다.
지금은 동시, 동화, 그림책 등 여러 갈래의 글을 두루 쓰고 있습니다.

2021년 10월 25일 2판 5쇄 **펴냄**
2011년 8월 25일 2판 1쇄 **펴냄**
2004년 12월 15일 1판 1쇄 **펴냄**

펴낸곳 (주)효리원
펴낸이 윤종근
지은이 톨스토이
엮은이 심후섭 · **그린이** 주승인
등록 1990년 12월 20일 · **번호** 2-1108
우편 번호 03147
주소 서울시 종로구 삼일대로 457, 1206호
전화 02)3675-5222 · **팩스** 02)765-5222

ⓒ 2004, (주)효리원

ISBN 978-89-281-0134-4 64890
이메일 hyoreewon@hyoreewon.com
홈페이지 www.hyoreewon.com

사람은
무엇으로 사는가

톨스토이 지음
심후섭 엮음 / 주승인 그림

 효리원
hyoreewon.com

사랑과 지혜가 넘치는 톨스토이 할아버지를 소개합니다.

"아저씨, 새들은 왜 노래를 해요?"

톨스토이가 청년이었을 때 어떤 아이가 와서 물었습니다.

"글쎄?"

톨스토이는 얼른 대답할 수가 없었습니다.

'허, 그것 참! 똑같은 새를 보고도 어떤 사람들은 '운다' 하고 어떤
사람은 '노래한다' 고 하잖아. 그리고 동양의 어느 나라에는 '아침에
우는 새는 배가 고파 울고, 저녁에 우는 새는 친구가 그리워 운다' 는
노래가 있다던데……. 어디 그것뿐인가? 자세히 살펴보면 새들도
반가울 때는 서로의 가슴에 얼굴을 비비지만, 자신을 해치려는 무서운
짐승이 나타나면 날카로운 소리를 내며 마구 할퀴려 하잖아. 또 새가
노래한다고 하지만, 그것은 노래가 아니라 어미새를 부르는 소리일
수도 있고, 혼자 있어서 겁이 난다는 표시일 수도 있어. 그런데 왜
노래를 하느냐고?'

톨스토이가 이런 생각에 잠겨 있을 때 질문을 했던 아이가 달려가면서
외쳤습니다.

"에이, 매일 책을 읽고 열심히 글을 쓴다는 아저씨가 그것도 몰라요?"

'아! 내가 모르는 것이 너무 많구나.'

이 때부터 톨스토이는 세상 모든 일을 더욱 깊이 생각하게 되었다고
합니다.

'사람들은 과연 먹고 입을 것만 있으면 살아갈 수 있을까?'
'이 세상에서 가장 현명한 사람은 어떤 사람이고 가장 어리석은
사람은 또 어떤 사람일까?'
'무슨 일을 하는 데 있어서 가장 중요한 시간은 언제이고, 누구와 같이
하는 것이 가장 좋을까?'
'이 세상에서 가장 중요한 일이란 도대체 무엇일까?'
'나는 과연 어떤 사람이고 앞으로 무엇을 해야 할까?'

톨스토이는 이러한 자기의 생각을 소설과 동화에 담았습니다.
톨스토이는 어른들을 위한 소설도 많이 썼지만 어린이를 위한 동화도
매우 많이 썼습니다.
톨스토이는 자신의 집에서 일하던 하인들을 모두 풀어 주었고, 농토도
나눠 주었습니다. 그는 자신의 훌륭한 생각을 직접 실천에 옮겼기
때문에 더욱 존경을 받았습니다.
톨스토이는 이 세상을 떠났지만, 지금도 전세계 사람들이 가장
존경하는 훌륭한 문학가 중의 한 사람입니다. 톨스토이의 소설과
동화를 읽어 보면 한결같이 양심을 지키며 착하게 살아야 한다는 것을
가르치고 있습니다.
이 책에는 이러한 톨스토이의 훌륭한 가르침이 가득 들어 있습니다.
누구든지 톨스토이 동화를 읽고 있는 순간만큼은 참으로 행복해지고
자신이 귀한 사람이라는 것을 느끼게 될 것입니다.
가까이 있으면 참 좋은 친구처럼, 톨스토이 할아버지의 동화와
늘 함께한다면 정말 좋겠습니다.   엮은이 심 후 섭

| 차례 |

사람은 무엇으로 사는가

가난한 구두 수선공

러시아의 어느 마을에 세몬이라는 가난한
구두 수선공이 있었습니다.

세몬은 식구들과 함께 한 농부의 집에 세들어 살고
있었는데, 구두를 짓고 고치는 일을 하여 겨우 입에
풀칠을 하고 있었습니다.

'먹을 것은 날이 갈수록 비싸지는데 벌어들이는
돈은 너무 적어……. 하지만 어쩔 수 없지.
형편대로 사는 수밖에.'

그는 늘 불안한 마음을 가라앉히려고 애를 썼습니다.

세몬에게는 아내와 함께 입는 털외투가 한 벌 있었는데,

그나마 너무 낡아서 너덜거렸습니다. 그래서 오래 전부터

새 외투 지을 가죽을 사려고 벼르고 있었답니다.

'추위가 닥치기 전에 새 외투를 한 벌 마련해야겠는데…….

어디 그 동안 모은 돈을 한번 세어 볼까?'

세몬은 모아 둔 돈을 헤아려 보았습니다.

'장롱 속에 3루블이 있고, 마을 농부들에게 구두를 고쳐 주고

받을 돈이 5루블 20코페이카 정도 되는군. 아무래도 좀

부족하지만 어디 한번 시장에 나가 볼까?'

세몬은 새 외투를 살 생각으로 마음이 부풀었습니다.

추수철이 끝나 갈 무렵, 그는 털외투를 사러 가기로 했습니다.

'점점 날씨가 추워지는군. 옷을 두껍게 입어야겠는걸?'

세몬은 아침 식사를 마친 뒤 셔츠를 여러 장 껴입은 다음,

그 위에 또 무명 외투를 걸쳤습니다.

그러고는 장롱 속에 있던 3루블을 꺼내 주머니에 넣은 뒤

단단한 나뭇가지를 지팡이 삼아 길을 떠났습니다.

마을에 이른 세몬은 돈을 받기 위해

한 농부의 집에 들렀습니다.

"계십니까? 구두 수선비를 받으러 왔습니다만······."

세몬은 공손하게 입을 열었습니다.

그러자 농부의 아내가 문을 열고 힐끗 내다보았습니다.

"지금 남편이 집에 없어요. 열흘 안으로는 갚을 거라고

했으니 나중에 다시 오슈."

"······."

세몬은 기분이 좋지 않았으나 꾹 참고 다음 집으로 갔습니다.

그 집에는 마침 바깥주인이 있었습니다.

"아이고, 미안하오. 추수를 제대로 못 해 지금은 돈이 없소.

20코페이카만 먼저 받으시오."

"아, 알겠습니다."

세몬은 언짢았지만, 20코페이카만 받아들고

그 집을 나왔습니다.

"쳇! '뒷간 갈 때와 나올 때의 마음이 다르다.' 는 옛말이

하나도 틀리지 않는군. 고얀 사람들 같으니라고······. 애써

구두를 고쳐 주었는데 이게 무슨 꼴이람. 겨울이 오기 전에

분명히 돈을 주겠다고 하고선 시치미를 떼다니. 그러나저러나

이제 어쩐다? 털외투를 외상으로 달라고 해 볼까?"

세몬은 용기를 내어 가죽 가게로 갔습니다.

"봄이 되면 틀림없이 갚을 테니 털외투 한 벌만
주십시오. 고급이 아니어도 됩니다."
"고급이고 아니고간에 돈을 가져와야 합니다.
외상값 받기가 여간 힘들지 않거든요."
가게 주인은 한 마디로 거절했습니다.
"싼 것도 괜찮습니다만……."
"거참, 비싼 것이든 싼 것이든 돈을 가져오면
다 드린다지 않습니까?"
"아아, 알겠습니다. 죄송합니다."
세몬은 난감한 얼굴로 가게를 나왔습니다.
'안 되겠어. 돈을 받으러 더 다녀 봐야겠어.'
세몬은 구두 수선비를 받으러 다른 마을을 찾아갔습니다.
그러나 그들의 대답은 한결같았습니다.
"지금은 돈이 없소. 다음에 오시오."
"에이! 나쁜 사람들 같으니라고!"
세몬은 길에 있는 돌을 걷어차며 투덜거렸습니다.
그런데 그 때, 한 농부가 낡은 구두를 들고 나와
세몬에게 내밀었습니다.
"이 구두 뒤축 좀 고쳐 주시오."

"돈은 언제 주시겠습니까?"

"지금 30코페이카가 있는데, 이 돈이면 되겠소?"

"알겠소. 내일 저녁때 찾으러 오시오. 30코페이카로는

어림도 없지만, 먼저 돈을 내겠다니 해 드리겠습니다.

지금 너무 궁해서요."

세몬은 농부의 낡은 구두를 받아들고

다음 마을을 건너다보았습니다.

바람이 휙 낙엽을 날리며 불어왔습니다.

세몬의 눈으로 먼지가 날아들었습니다.

"에잇, 속상해. 날씨는 추워 오는데 돈은 걷히질 않고!

그래, 술이나 한 잔 마시자. 추워서 견딜 수가 없구나."

세몬은 거리에 있는 주막으로 들어갔습니다.

"보드카 한 잔 주시오."

"10코페이카입니다."

"여기 있소."

'하루 종일 죽도록 일해 봐야 술 두어 모금 값밖에

되지 않는다니, 이런!'

세몬은 중얼거리며 잔을 들어 한입에 털어넣었습니다.

"병아리 눈물만큼밖에 되지 않는군."

세몬은 한 잔 더 마시려다 말고 주막을 나섰습니다.

아내의 화난 얼굴이 떠올랐기 때문입니다.

세몬은 집을 향해 걷기 시작하였습니다.

한쪽 손에 든 지팡이로는 얼어붙은 땅을 두들기고,

다른 한 손으로는 낡은 구두를 휘두르며

중얼거렸습니다.

"바람아! 불 테면 불어라. 난 이제 외투 같은 것은 없어도

된다. 보드카 한 잔이면 이렇게 후끈거리는걸. 그래, 나는
털외투 따위가 필요 없는 사나이란다! 평생 털외투 없이도
살 수 있단 말이다! 하지만 마누라는 잔소리를 해대겠지?"
세몬은 술기운이 별로 오르지도 않는데 술에 취한
척하였습니다. 그러지 않으면 자신의 모습이 너무
처량해 보일 것 같아서였습니다.
세몬은 다시 농부들을 원망하기 시작하였습니다.
"생각할수록 괘씸하단 말야. 나는 열심히 일을 해 주었는데
돈을 주지 않다니……. 이건 나를 무시하는 행동이야!
다음에도 돈을 주지 않으면, 그 때는 옷이라도 벗겨 올 테다.
아무리 형편이 나빠도 그렇지, 나는 더 어려운데 말이야.
자기네들은 집도 있고 땅도 있지만 나는 뭐야?
아무것도 가진 게 없지 않느냔 말이다. 게다가 자기네들은
빵을 만들어 먹지만, 나는 사서 먹어야 해. 굶지 않으려면
빵값만 해도 일 주일에 3루블은 든단 말이야.
이 돈도 집에 가면 당장 빵값으로 다 내놓아야 한다구.
아! 사는 것이 왜 이리 괴롭지?"
세몬은 고개를 숙인 채 발걸음을 옮겼습니다.
'안 되겠어. 이대로 돌아갈 순 없어. 기어이 돈을 받아야겠어.

어느 집부터 찾아갈까?'

세몬이 길모퉁이에 있는 교회 앞까지 왔을 때였습니다.

낯선 사나이

'아니, 도대체 저게 뭐지?'

교회 담에 무엇인가 기대어 있는 것이 보였습니다.

'짐승인가? 아무래도 사람 같은데…….'

세몬은 좀더 가까이 다가가 보았습니다.

'아니, 정말 사람이잖아! 그런데 실오라기 하나 걸치지 않은

벌거숭이 청년이네! 도대체 어찌 된 일일까?'

세몬은 놀라서 잠시 멈칫하였습니다.

갑자기 무서운 생각이 들었기 때문입니다.

'누군가 이 청년의 옷을 빼앗아 가고 여기에 버린 게 아닐까?

공연히 가까이 다가갔다가 나중에 귀찮은 일을 겪게 될지도

몰라. 갑자기 벌떡 일어나 내 옷을 내놓으라고 달려들면

꼼짝할 수 없을 것 같은데……. 에라, 모르겠다. 그냥 가야지.'

세몬은 모른 체하고 걸음을 돌렸습니다.

모퉁이를 돌자 청년의 모습은 보이지 않았습니다.

하지만 세몬의 발걸음은 점점 무거워졌습니다.

'이상하다. 왜 자꾸만 뒤가 켕기지?'

교회를 지나 얼마 가지 못하고 세몬은 걸음을 멈추었습니다.

그 청년과 멀어질수록 마음이 편치 않았기 때문입니다.

'아니야. 그냥 가서는 안 돼. 저러다가 만약 저 청년이

얼어 죽기라도 한다면? 안 돼! 그냥 지나칠 수 없어!

사람이 죽어 가는데 겁이 난다고 도망치려 하다니…….

이건 정말 비겁한 행동이야.

죽어 가는 사람을 버리고 갈 수는 없어.'

세몬은 얼른 발길을 돌렸습니다.

"여보시오! 정신 좀 차리시오!"

세몬은 담에 기대어 있는 청년을 세게 흔들었습니다.

하지만 청년은 꿈쩍도 하지 않았습니다.

세몬은 벌거숭이 청년을 자세히 살펴보았습니다.

'상처는 없는 것 같아. 그런데 입술이 파랗게 질린 채

바들바들 떨고 있는 걸 보니 몹시 추운가 보군.'

"여보게, 눈 좀 떠 보게!"

세몬은 젊은이의 어깨를 세게 흔들었습니다.

그러자 벌거숭이 청년은 정신이 드는지 천천히 고개를 들어

세몬을 바라보았습니다.

'착한 사람 같은데……'

세몬은 청년의 눈을 들여다보는 순간

마음이 좀 놓였습니다.

세몬은 낡은 구두를 내려놓고는 얼른 입고 있던

무명 외투를 벗었습니다.

"자, 우선 이 옷부터 걸치게!"

그러자 청년이 힘겹게 입을 열었습니다.

"고, 고맙습니다."

세몬은 청년을 부축하여 일으켰습니다.

일어선 모습을 보니 키도 크고 손발도 곱고

얼굴도 부드럽게 잘생긴 청년이었습니다.

청년은 신발도 없는 맨발이었습니다.

"자, 이거라도 신게."

세몬은 농부가 맡긴 낡은 구두를 청년에게 내밀었습니다.

"젊은이, 몸을 움직여 보게. 걸을 수는 있겠는가?"

"……."

청년은 그저 고맙다는 눈빛으로 고개만 끄덕였습니다.

"여기서 추운 밤을 지낼 생각은 아니었겠지? 집으로 가야지.

기운이 없다면 내 지팡이를 의지하게. 자, 발을 떼 보게."

청년은 겨우겨우 일어서더니 얼마 지나지 않아

성큼성큼 걸음을 옮기게 되었습니다.

도리어 세몬이 따라가기 힘들 정도였습니다.

세몬은 궁금하여 이런저런 질문을 했습니다.

"어디에서 왔는가?"

"저는 이 고장 사람이 아닙니다."

청년은 한참 만에 겨우 한 마디 하였습니다.

"그야 그렇겠지. 이 고장 사람이라면 내가 모를 리 없지?

그런데 왜 이 교회까지 왔는가?"

"그건 말할 수 없습니다."

"도둑을 만난 거지? 안 그런가?"

"아닙니다. 전 하느님으로부터 벌을 받았습니다."

"누구나 다 하느님으로부터 벌을 받지. 모든 일은

하느님의 뜻이니까 말야. 아무튼 어디 가서 좀 쉬어야

할 텐데, 갈 데는 있는가?"

"없습니다."

'참 이상하군. 말씨가 점잖은 것을 보면 나쁜 사람 같지는

않은데 도무지 입을 열려고 하질 않는군.

더구나 갈 데도 없다니……'

세몬은 고개를 갸웃거렸습니다.

'뭔가 말 못 할 사연이라도 있는 모양이로군.'

세몬은 잠시 머뭇거리다가 다시 입을 열었습니다.

"그렇다면 우리 집으로 가겠나?

우선 몸을 좀 녹여야 할 것 같은데."

"고, 고맙습니다."

청년은 고개를 숙이며 고마워하였습니다.

"그럼, 가세."

세몬이 앞장을 섰습니다.

'한참을 걸었더니 술기운이 떨어져 추워지는군.'

세몬은 코를 훌쩍이며 셔츠 깃을 여몄습니다.

청년도 추운지 턱을 덜덜 떨었습니다.

그런데 세몬은 집이 가까워 올수록 걱정이 되었습니다.

'털외투는커녕 입고 간 무명 외투마저 낯선 사람에게 입혀

집으로 가고 있으니 마누라가 잔소리깨나 하겠는걸.'

세몬은 아내의 얼굴이 떠오르자 이내

고개를 절레절레 흔들었습니다.

'이거 야단났군. 무슨 좋은 방법이 없을까?'

세몬의 가슴은 큰 바윗덩어리에 깔린 것처럼 답답해졌습니다.
그러나 청년이 처음 자기를 바라보던 눈길을 생각하자
마음이 조금 밝아졌습니다.
'그래, 내가 아니었다면 이 청년은 아주 위험했을 거야.'

화가 난 아내
'아니, 외투를 사러 간다던 양반은 도대체
왜 아무 소식이 없는 거지?'
세몬의 아내 마트료나는 몇 번이나 창 밖을 내다보았습니다.
'날씨가 추워서 그런지 다니는 사람도 없군. 장작도 팼고,
물도 길어 왔으니 이제 빵을 준비해야겠구나.'
마트료나는 빵을 찾아보았습니다.
그러나 반 조각밖에 없었습니다.
'이걸로는 모자라겠는데……. 그렇지만 이 양반이 밖에서
점심을 먹었다면 저녁은 많이 안 먹을 거야.'
마트료나는 몇 번을 망설이다
빵을 도로 바구니에 담으며 중얼거렸습니다.
'그래, 오늘은 빵을 굽지 말아야겠어……. 우선 이걸로

내일까지 견뎌 보자.'

마음을 가다듬은 마트료나는 탁자 앞에 앉아 속옷을

깁기 시작하였습니다. 속옷은 이미 여러 번 기웠기 때문에

구멍이 숭숭 나 있었습니다.

마트료나는 마음이 편치 않았지만,

남편이 사 올 털외투를 생각하며 미소를 지었습니다.

'그이가 가죽 장수에게 속지 말아야 할 텐데…….

어수룩한 양반이라 자기는 거짓말 한 번 못 하면서

어린애에게도 곧잘 속아 넘어가곤 하니 원…….

8루블 20코페이카라면 썩 좋진 않아도

웬만한 건 살 수 있을 거야.

작년 겨울엔 외투가 없어서 정말 고생이 많았어.

시장은 말할 것도 없고 이웃집 한 번 제대로 가지 못했지.

오늘만 해도 그래. 그 사람이 입을 만한 옷은

모두 입고 나가는 바람에

나는 무엇 하나 제대로 걸치질 못했잖아.

어서 빨리 새 외투를 입어 봤으면…….

아, 그런데 이 양반은 왜 이렇게 늦는 걸까?

설마 외투 살 돈으로 술을 다 마셔 버린 건 아니겠지?

아니야, 그럴 사람은 아냐. 암.'

마트료나가 이런저런 생각에 잠겨 있을 때였습니다.

현관 나무 계단을 밟는 소리가 삐걱삐걱 들려왔습니다.

"누구세요? 당신이세요?"

"그래, 나요."

마트료나는 바느질하던 손을 멈추고 반갑게 문을 열었습니다.

'아니, 이 술 냄새! 그리고 이 사람은……?'

마트료나는 두 사람을 아래위로 훑어보았습니다.

마트료나의 표정은 점점 일그러졌습니다.

'아무것도 사 오지 않았군. 더구나 입고 나갔던 옷마저도
낯선 사람에게 벗어 주고 빈손으로 들어왔어. 있는 대로 모두
술을 마셔 버린 모양이로군. 틀림없이 이 낯선 사람과 함께
퍼마시고 그것도 모자라 집에까지 끌고 온 거야.'

마트료나는 바느질하던 것을 내던지며

앙칼지게 외쳤습니다.

"외투는 어디 있어요!"

세몬은 아무 말도 못 하고 우물쭈물하였습니다.

"여보, 그렇게 화만 내지 말고 자리를 좀 만들어 봐요."

"아니! 뭐라고요? 내가 지금 화내지 않게 생겼어요?"

마트료나의 얼굴은 붉으락푸르락하였습니다.

세몬은 고개를 돌리고 말았습니다.

남편에게 고함을 지르다 말고 청년을 흘낏 본

마트료나는 잠시 멈칫했습니다.

'같이 온 이 사람은 도대체 누구지?

왜 남편은 이 사람에게 외투를 벗어서 입혔을까?

게다가 외투말고는 아무것도 입은 게 없잖아!

이 추운 날씨에……. 도대체 어떻게 된 걸까?

혹시 큰 죄를 짓고 쫓겨난 사람은 아닐까?'

마트료나는 이런저런 생각을 떠올렸습니다.

청년은 고개를 숙인 채 우두커니 서 있었습니다.

세몬이 다시 억지로 웃으며 말하였습니다.

"여보, 어서 저녁 준비나 하구려!"

"으으으……!"

마트료나는 화를 참기 힘든 듯 주먹을 불끈 쥐며

다시 두 사람을 노려보았습니다.

'내 이럴 줄 알았다니까.'

세몬은 아내의 눈길을 피해 청년을 끌어당겼습니다.

"앉으시오, 젊은이. 어쨌든 저녁은 먹어야지."

청년은 조심스럽게 의자에 앉았습니다.

"여보, 저녁 준비 안 되었소?"

세몬이 다시 한 번 채근을 하였습니다.

마트료나가 다시 고함을 지르기 시작하였습니다.

"저녁은 무슨 저녁이에요. 먹을 게 있다 해도 당신 같은
사람에게 줄 건 없어요. 사람이 염치가 있어야지! 외투 살
돈으로 술을 마셔 버리고, 그것도 모자라 벌거숭이 건달까지
데려온단 말이에요? 주정뱅이에게 줄 빵은 없어요."

마트료나는 분이 풀리지 않는다는 듯 계속 씩씩거렸습니다.

"그만 해요, 여보. 사정도 모르면서 그렇게 함부로
말하는 게 아니오. 우선 어떻게 된 건지 이야기를
들어 봐야 할 것 아니겠소."

"돈이나 내놓아요, 어서!"

세몬은 청년이 입은 외투 주머니에서 돈을 꺼내
보이며 말하였습니다.

"가져갔던 돈은 여기 그대로 있소. 마을에 가서 돈을 더
받으려 했지만, 모두 다음에 주겠다며 한 푼도 내놓지 않았소.
그래서 외투를 사지 못했소."

"그럼, 무슨 돈으로 술을 마셨어요?"

"이 구두를 고쳐 주기로 하고 선불을 받았소."

세몬은 청년이 신은 헌 구두를 가리켰습니다.

"아니, 그럼 이 사람 돈으로 술을 마셨단 말이에요?

외투 하나 없는 이 벌거숭이에게 무슨 돈이 있다고?"

마트료나는 남편의 손에서 돈을 낚아채며 소리쳤습니다.

"아무튼 저녁은 생각도 마세요. 주정뱅이와 벌거숭이를

함께 먹일 만큼 빵이 넉넉하지는 않으니까요."

그러자 세몬도 화를 내며 말하였습니다.

"말이 지나치구려! 먼저 어찌 된 일인지 들어 보라니까!"

"이 주정뱅이 양반아, 당신에게 들을 말이 뭐가 있어요.

당신 같은 주정뱅이에게 시집 오는 게 아니었어.

당신이 지금까지 나에게 해 준 게 뭐가 있어요?

겨울에 입을 외투 한 벌 사 주지 못하는 당신에게

처음부터 시집을 오는 게 아니었어!"

마트료나가 고함을 질러 댔지만,

세몬은 침착하게 말을 이어 갔습니다.

"여보, 내가 마신 술값은 10코페이카밖에 되지 않소.

돈은 못 받고 날씨는 춥고, 그래서 점심 대신으로 딱 한 잔

마셨소. 그러지 않았으면 나도 얼어 죽었을 거요."

"그건 내가 알 바 아니에요. 어서 내 옷이나 내놓아요.

나도 하루 종일 떨었다구요."

마트료나는 세몬에게 달려들어 옷을 벗기려 하였습니다.

"여보, 왜 이러오. 내가 벗어 주겠소."

그러나 마트료나는 세몬이 입고 있는 옷을 마구 벗겼습니다.

그 바람에 맨 위의 셔츠 솔기가 터지고 말았습니다.

"아이고! 옷이 찢어져 그나마 입을 수조차

없게 되었네. 이를 어쩌면 좋아!"

마트료나는 바닥에 주저앉아 땅을 치며 울었습니다.

세몬과 청년은 물끄러미 마트료나를 바라보는 수밖에

다른 도리가 없었습니다.

한참 후 세몬이 조용히 입을 뗐습니다.

"내가 잘못했소. 돈은 못 받았고 가죽 외투는 외상으로라도

사려고 했는데, 가게 주인이 주지 않는 걸 어쩌겠소."

그러자 마트료나도 눈물을 닦으며 일어섰습니다.

"그런데 이 사람은 도대체 누구예요?"

"나도 잘 몰라요. 하지만 착한 사람임에는 틀림없소.

눈을 보면 알 수 있지 않소."

"착한 사람이 왜 아무것도 입지 않고 돌아다닌단 말이에요?"

하느님의 뜻이라면

"내 말을 잘 들어 보시오. 외투 가게에서 거절당하고 집으로

돌아오는 길이었소. 교회 옆을 지나치려는데 담 밑에

이 청년이 웅크리고 있었소. 이 추운 날씨에 알몸으로 있더란

말이오. 하느님이 나를 이끌지 않으셨다면

지금쯤 이 사람은 얼어 죽었을 거요.

당신 같으면 어떻게 했겠소? 세상을 살다 보면 별일 다 당하게

되는 것 아니오? 우선 사람을 살려야 하지 않겠소. 그래서

이 옷을 입혀 데려온 거요. 그러니 제발 화 좀 가라앉히구려."

"……"

그러자 비로소 마트료나는 머뭇거렸습니다.

'하긴 그럴 수도 있겠군.'

마트료나는 청년을 힐끔 바라보았습니다.

청년은 구석에 우두커니 선 채 꼼짝도 하지 않았습니다.

두 손으로 머리를 감싸쥔 채 고개를 푹 숙이고 있을

뿐이었습니다. 세몬이 다시 마트료나를 달래었습니다.

"여보, 제발 마음을 푸시오. 당신 마음 속에도

하느님이 계시지 않소?"

"……"

이 말을 듣자 마트료나는 천천히 일어났습니다.

'하느님'이라는 말에 속이 뜨끔하였던 것입니다.

마트료나는 빵을 둘로 나누어 접시에 담고,

난로 위에서 끓고 있는 물을 컵에 따랐습니다.

그리고 말없이 빵 접시를 남편 앞에 내놓았습니다.

"마트료나, 고맙소."

세몬은 아내를 바라보며 미소지었습니다.

"여보게, 이리 오게."

세몬은 고개를 돌려 청년을 불렀습니다.

"자, 어서 이 빵을 들게."

세몬은 청년에게 접시를 밀었습니다.

"고맙습니다."

청년은 겨우 이 한 마디만 하고는 빵을 먹기 시작하였습니다.

마트료나는 구석에 앉아 턱을 괴고는

낯선 젊은이를 바라보았습니다.

'이 추운 날씨에 외투도 없이 떨고 있었다니 불쌍하기도 해라.

그래, 내가 너무 모질었어. 이렇게 된 이상

우리가 돌보아 주는 수밖에 없겠군.'

마트료나는 아껴 둔 딸기잼을 꺼내 식탁 위에 올려놓으며 이렇게 말했습니다.

"자, 이걸 좀 발라서…….."

"네에."

그 순간 청년은 마트료나를 바라보며 빙그레 웃었습니다.

지금까지 볼 수 없었던 밝은 모습이었습니다.

식사가 끝나고 설거지를 마친 마트료나가

젊은이에게 물었습니다.

"어디에서 오셨소?"

"저는 이 곳 사람이 아닙니다."

"왜 교회 마당에 앉아 있었나요?"

"하느님께 벌을 받았습니다."

"옷도 없이……."

"네, 벌거벗은 채 있다가 얼어 죽을 뻔했습니다.

아저씨가 저를 발견하고 불쌍히 여기셔서 외투를 벗어 주고

여기까지 데려오셨습니다. 또 이 곳에 와서는 아주머니가

절 불쌍히 여기셔서 먹을 것을 주셨고요.

두 분이 아니었으면 저는 벌써 죽었을 것입니다.

부디 두 분께 하느님의 은총이 함께 하길 빕니다."

"쯧쯧, 그랬군요. 내가 공연히 화를 내었군요."

젊은이의 얘기를 듣고 난 마트료나는 조금 전에
불같이 화낸 것을 미안해했습니다.

마트료나는 바느질 바구니에서 헌 옷을 꺼냈습니다.

"이건 남편 속옷이에요. 너무 낡아 해졌기에 기워 두었는데
입어 봐요. 자, 여기 바지도 있어요. 헌 것이지만 이거라도
입으세요. 그리고 좀 주무세요. 방은 옆방을 쓰시고요."

"네, 정말 고맙습니다."

청년은 구멍이 나서 색색의 헝겊으로 기운 속옷을 받아들고
매우 기뻐하였습니다.

"이것은 임금님의 황금 옷보다 더 귀합니다."

청년은 옆방으로 가서 옷을 갈아입었습니다.

잘 시간이 되어 마트료나는 등불을 끈 후 외투를 들고
남편 곁으로 갔습니다.

외투를 덮고 누웠으나 잠이 오지 않았습니다.

머릿속에는 내일 먹어야 할 빵에 대한 걱정뿐이었습니다.

'마지막 빵을 다 먹어 버렸으니 내일은 먹을 것이 없구나.
속옷과 바지를 주어 버렸으니 그것도 좀 아깝고…….
하지만 우리가 아니었으면 저 청년은 죽고 말았을 거야.'

마트료나는 청년의 웃는 모습을 떠올리며

조금씩 마음을 가라앉혔습니다.

하지만 밤이 깊도록 잠을 이루지 못하였습니다.

세몬도 잠이 안 오는지 자꾸 뒤척였습니다.

"여보!"

"응?"

"빵을 다 먹어 버렸으니 내일 아침엔 어떻게 하죠?

아무래도 이웃집에 가서 좀 얻어 와야겠어요."

"설마 굶어 죽기야 하겠소?"

마트료나는 한동안 말없이 누워 있었습니다.

"저 젊은이는 좋은 사람인 것 같은데, 왜 자기 자신에 대해

아무 말도 하지 않을까요?"

"그럴 만한 사정이 있겠지."

"여보!"

"왜?"

"우리는 남에게 베푸는데 왜 남들은 우리에게 아무것도

베풀지 않는 걸까요?"

세몬은 대답할 말이 없었습니다.

"이제 그만 잡시다. 내일도 일을 하려면 일찍

일어나야 할 테니……."

세몬은 마트료나에게 외투를 덮어 주며 잠을 청하였습니다.

다음 날 아침 세몬이 눈을 떠 보니 아이들은 아직 자고

있었고, 아내는 이웃집에 빵을 얻으러 가고 없었습니다.

청년은 의자에 앉아 멍하니 천장을 바라보고 있었습니다.

표정은 어제보다 훨씬 밝아 보였습니다.

세몬이 먼저 말을 걸었습니다.

"여보게, 먹고살려면 일을 해야 할 게 아닌가.

자네가 할 수 있는 일은 뭔가?"

"아무것도 못 합니다."

"마음만 있으면 무슨 일이든 배울 수 있다네."

"네, 그렇다면 저도 일을 배우겠습니다."

청년이 고개를 끄덕였습니다.

"앞으로 자네를 어떻게 부를까?"

"제 이름은 미하일입니다."

"미하일! 그래, 부르기 좋은 이름이로군.

자네는 무슨 영문인지 자신에 대한 얘기를 전혀 하질 않는군.

그렇더라도 밥벌이는 해야겠지? 우선 마땅히 갈 곳도 없다고

하니 여기에서 구두 고치는 일을 배워 보게.

굶지는 않을 걸세."

"고맙습니다. 열심히 배우겠습니다."

"그래, 잘 생각했네. 우선 이렇게……."

세몬은 실을 손가락에 감고 매듭을 지었습니다.

"어려울 것 없네, 잘 보게."

세몬이 하는 것을 가만히 들여다보던 미하일은 얼른 손가락에
실을 감아 매듭을 지었습니다.

그리고 나서 세몬은 바늘로 가죽을 꿰맸습니다.

미하일은 얼른 세몬을 따라 했습니다.

이번에는 세몬이 망치로 가죽 다루는 법을
가르쳐 주었습니다.

미하일은 그것도 얼른 따라 했습니다.

그는 무슨 일이든 신기할 정도로 쉽게 익혔습니다.

사흘쯤 지나자, 미하일은 오랫동안 구두를 만들어 온
사람처럼 일을 곧잘 하게 되었습니다.

그는 열심히 일하고 음식은 조금만 먹었습니다. 잠시 쉴 때도
천장만 바라보고 있을 뿐, 좀처럼 밖에 나가질 않았습니다.

잡담을 늘어놓거나 농담하며 웃는 일도 없었습니다.

오직 부지런히 일만 하였습니다.

거만한 손님

세월이 흘러 어느덧 일 년이 지났습니다.

미하일은 변함없이 열심히 일을 하였습니다.

미하일의 구두 만드는 솜씨를 두고

사방에서 칭찬이 자자하였습니다.

"세몬의 집에 일을 아주 잘 하는 청년이 있다며?"

"그래, 구두 짓는 일에는 귀신이라고 하더군."

소문을 들은 사람들이 멀리서도 일부러

구두를 맞추러 몰려왔습니다.

그래서 세몬의 수입은 점점 늘어나게 되었습니다.

어느 추운 겨울날이었습니다.

세몬과 미하일이 나란히 앉아 일을 하고 있는데,

말 세 필이 끄는 호화로운 마차가

방울 소리를 요란하게 내며 달려왔습니다.

"워어 워어!"

마차는 세몬의 가게 앞에 멈추어 섰습니다.

세몬이 창 밖을 내다보자 젊은 마부가 훌쩍 뛰어내려

마차 문을 여는 것이 보였습니다.

마차에서 두꺼운 털외투를 입은 신사 한 사람이 내리더니

세몬의 집을 향해 걸어왔습니다.

"어서 오십시오."

마트료나가 달려나가 문을 열어 주었습니다.

신사는 허리를 굽혀 집 안으로 들어섰습니다.

후리후리한 키에 몸집이 거대한 사나이가 들어서자

집 안이 꽉 차는 듯했습니다.

세몬은 지금까지 이렇게 몸집이 큰 사람을

본 적이 없었습니다.

세몬네 식구들은 모두 빼빼한 편이었고 미하일 역시

뚱뚱하지는 않았으므로, 이 몸집 좋은 신사는 마치

딴 세상에서 온 사람 같았습니다. 얼굴에는 기름기가

흘렀으며, 몸은 황소처럼 굵었습니다.

신사는 심호흡을 한 다음 외투를 벗고 의자에 앉았습니다.

"누가 주인이오?"

세몬이 앞으로 나섰습니다.

"접니다, 손님."

신사는 세몬을 힐끗 보더니 큰 소리로 하인을 불렀습니다.

"이봐, 페치카! 그 물건을 가져와 봐."

하인은 무엇인가 보자기에 싼 물건을 들고 왔습니다.

신사가 그것을 받아 탁자 위에 놓으며 말하였습니다.

"풀어 봐!"

신사의 목소리에는 힘이 잔뜩 들어가 있었습니다.

하인이 보자기를 풀자 가죽이 나왔습니다.

"어떻소, 이 가죽?"

"네, 손님?"

"이게 무슨 가죽인지 아느냐 말이오."

세몬은 가죽을 만져 보며 말하였습니다.

"무척 좋은 가죽인 것 같군요."

"암, 좋은 것이고말고. 이런 시골에서는
이렇게 좋은 가죽을 보지 못했을 거요.
이건 먼 나라에서 20루블이나 주고 사 온 것이오."

"20루블이나요? 제, 제가 어떻게 감히
이런 귀한 걸……."

세몬은 떨리는 목소리로 간신히 말하였습니다.

"그럴 거요. 그런데 당신, 이걸로 삼사 년 계속 신어도
모양이 변치 않고 실밥도 터지지 않는
훌륭한 장화를 지을 수 있겠소?"

"……."

세몬은 대답을 못 하고 우물쭈물하였습니다.

그러자 미하일이 고개를 끄덕였습니다.

할 수 있다는 뜻이었습니다.

세몬은 그것을 보고 자신 있게 대답하였습니다.

"그럼요, 손님."

45

"……."

잠시 머뭇거리던 신사는 다시 세묜에게

호통을 치듯 말하였습니다.

"분명히 만들 수 있다고 했소. 하지만 한 가지 알아 두어야

할 게 있소. 만약 일 년 안에 모양이 변하거나 꿰맨 자리가

터지면 당신을 감옥에 처넣겠소.

그 대신 일 년 동안 아무 이상이 없으면

품삯으로 10루블을 주겠소. 무슨 말인지 알아듣겠소?"

'10루블이면 매우 큰돈인데…….'

세묜은 다시 대답을 하지 못하고 미하일을 돌아보았습니다.

"……."

미하일은 역시 자신 있다는 뜻으로 고개를 끄덕였습니다.

"걱정하지 마십시오. 잘 만들어 드리겠습니다."

세묜은 미하일이 고개를 끄덕이는 것을 보고

힘있게 말하였습니다.

"자, 치수를 재시오."

신사는 하인에게 신발을 벗기게 하고는 발을 내밀었습니다.

세묜은 긴 종이를 이어 붙여 바닥에 깐 다음, 손님의 양말을

더럽히지 않도록 앞치마에 손을 문지르고 나서 치수를 재기

시작하였습니다. 먼저 발바닥 길이를 재고 발등 높이를
쟀습니다. 그리고 종아리 둘레를 재려는데 종이가
모자랐습니다. 신사의 종아리가 무척 굵었기 때문입니다.
"종아리는 특히 신경을 쓰도록 하시오. 종아리가 편해야
피곤하지 않으니……."
"네, 염려 마십시오. 틀림없이 편안한 장화를 만들어
드리겠습니다."
"그래야지, 이게 얼마나 좋은 가죽인데……."
신사는 종이 위에서 발을 들었다 놓았다 하며
주위를 둘러보다가 구석에 앉아 있는 미하일을 발견하고는
세몬에게 물었습니다.
"저 친구는 누군가?"
"저희 집 직공입니다. 손님의 구두를 만들 사람이지요."
그러자 신사가 으름장을 놓았습니다.
"그럼, 자네도 잘 알아 두게. 오래 신어도 끄떡없도록
만들어야 한단 말이야."
"……."
미하일은 대답 대신 신사의 머리 위쪽을 뚫어지게 바라보고
있었습니다. 마치 누군가와 눈인사를 나누는 듯하였습니다.

그러더니 문득 얼굴이 밝아지며 빙그레 웃었습니다.

신사는 그 모습을 보고는 다시 크게 소리를 질렀습니다.

"멍청한 녀석 같으니라고! 대답은 않고 웃긴 왜 웃어?

약속을 어기지 않도록 정신 바짝 차리도록 해."

비로소 미하일이 대답을 하였습니다.

"필요하신 날까지 꼭 만들겠습니다."

"좋았어!"

치수를 다 잰 신사는 성큼성큼 문 쪽으로 걸어갔습니다.

그러나 허리 굽히는 걸 깜빡 잊은 그는, 문설주에 그만

머리를 부딪치고 말았습니다.

"에이, 문이 왜 이리 낮아. 시골집들은 다 이 모양이라니까!"

그는 머리를 문지르며 투덜대더니 마차를 타고 떠났습니다.

손님이 떠나자 세몬이 말하였습니다.

"돌처럼 단단한 몸집이더군. 몽둥이로 맞아도 끄떡없게

생겼어. 그러니 그렇게 세게 머리를 부딪치고도

전혀 아픈 기색이 없지!"

그러자 마트료나가 한 마디 했습니다.

"저렇게 잘 먹고 잘 사는 사람은 살 빠질 일이 없을 거예요.

저승사자도 저런 사람은 어쩌지 못할걸요?"

49

미하일의 이상한 실수

신사가 떠나자 세몬은 미하일에게 다짐을 놓았습니다.

"조금이라도 실수가 있어서는 안 되네. 최고급 가죽인데다
손님이 신경질적이니 잘못 하는 날엔 큰일나겠어. 자네는
나보다 눈도 좋고 꼼꼼하니 재단을 하게나.

꿰매는 일은 내가 하지."

"아닙니다. 꿰매는 일도 제가 하겠습니다.

주인님은 밀려 있는 다른 일을 하십시오."

"그래……. 알겠네."

세몬은 주문을 받아 놓은 낡은 구두를 고치기 위해
밑창을 다듬었습니다.

미하일은 신사가 맡기고 간 가죽을 재단대 위에 두 겹으로
포개 놓더니 가위를 들고 자르기 시작하였습니다. 옆에서
그가 하는 것을 보고 있던 마트료나는 깜짝 놀랐습니다.

'장화를 만들려면 길쭉하게 잘라야 할 텐데, 왜 저렇게
둥글게 자르지? 장화 재단하는 것을 여러 번 보아 왔지만
저렇게 하지는 않던데…….'

그러나 마트료나는 꾹 참고 지켜보았습니다.

'그 손님이 원하는 걸 미하일이 더 잘 알고 있을 테니…….

괜히 참견하여 정신을 어지럽혀서는 안 되겠지.'

재단을 끝낸 미하일은 바늘로 가죽을 꿰매기 시작하였습니다.

그런데 이번에도 장화를 꿰맬 때 쓰는 겹실이 아니라

슬리퍼를 꿰맬 때 쓰는 홑실을 쓰고 있었습니다.

마트료나는 다시 한 번 놀랐지만 역시 가만히 있었습니다.

점심때가 되어 자리에서 일어난 세몬은 미하일이 신사의

가죽으로 슬리퍼 한 켤레를 만들어 놓은 것을 보게

되었습니다. 세몬이 깜짝 놀라 크게 화를 내었습니다.

"아니, 이게 뭔가? 누구 망하는 꼴을 보려고 이러는 거야?

그 손님은 장화를 주문했지 슬리퍼는 말도 꺼내지 않았어!"

그래도 미하일은 빙긋이 웃기만 할 뿐이었습니다.

그 때였습니다. 누군가가 계단을 올라오는 기척이 나더니

곧 문 두드리는 소리가 들렸습니다.

"누구시오? 들어오시오."

문을 열고 들어온 사람은

조금 전에 왔던 신사의 하인이었습니다.

"안녕하십니까?"

"어서 오시오. 그런데 무슨 일로 또 오셨습니까?"

"주인 마님의 심부름을 왔습니다."

"무슨 일인데요?"

"장화는 이제 필요 없게 되었습니다.

실은 주인 나리께서 막 돌아가셨답니다."

"아니, 뭐라고요?"

세몬은 깜짝 놀라 슬리퍼와 미하일을 번갈아 바라보았습니다.

"조금 전 집으로 돌아가는 마차 안에서 갑자기

돌아가셨습니다. 집에 도착해서 마차 문을 열어 보니 나리는

이미 이 세상 사람이 아니었습니다. 간신히 끌어내렸지요.

깜짝 놀란 마님께서 서둘러 저에게 분부하셨습니다.

구둣방에 가서 나리가 주문하신 장화는 필요 없게 되었으니

대신 죽은 사람에게 신기는 슬리퍼를 빨리 주문하라고

말입니다. 다 될 때까지 기다려서 가지고 오라고 하셨지요."

"아, 아니?"

하인의 이야기를 들은 세몬은 깜짝 놀랐습니다.

세몬은 미하일을 돌아다보았습니다.

미하일은 손등으로 이마를 훔치며 슬리퍼를 깨끗이 다듬어

하인에게 내주었습니다.

"아니, 벌써 슬리퍼를 다 만들었나요?"

하인이 눈을 동그랗게 뜨며 물었습니다.

"그렇소. 이것이 필요할 듯하여 장화를 만들지 않고
바로 슬리퍼를 만들었소."
"아무튼 빨리 해 주어서 고맙습니다. 안녕히 계세요."
하인은 돈을 내밀면서 연신 고개를 갸우뚱했습니다.

훌륭한 부인

여러 해가 지나 미하일이 세몬의 집에 온 지도
어느덧 육 년이 되었습니다.
그래도 그는 여전히 밖에 나가지 않았고 쓸데없는 말도
하지 않았습니다.
그 동안 그가 웃은 것은 두 번밖에 없었습니다.
한 번은 이 집에 처음 와서 마트료나가 저녁을
차려 주었을 때였고, 또 한 번은 죽은 신사가 구두를
맞추러 왔을 때였습니다.
세몬의 식구들은 미하일을 아주 좋아하였습니다.
'미하일이 우리 집에 온 뒤로 일거리가 점점 늘어나고 있어.'
이제는 그가 어디서 왔는지 물어 볼 생각도 없었습니다.
다만 다른 데로 가 버리지 않기만을 바랄 뿐이었습니다.

그러던 어느 날, 온 가족이 방 안에 모여 있을 때였습니다.

마트료나는 부엌에서 식사를 준비하고 있었고,

아이들은 식탁 주변을 뛰어다니거나 창 밖을

내다보고 있었습니다.

세몬과 미하일은 여느 때와 다름없이 창가에서

구두를 만들고 있었습니다.

그 때 아이 하나가 미하일 곁으로 달려가더니, 그의 어깨를

짚고 창 밖을 가리키며 말했습니다.

"아저씨, 저기 좀 봐요. 방앗간 아주머니가 딸들을 데리고

우리 집으로 와요. 한 아이는 절름발이예요."

아이의 말을 들은 미하일은 일손을 멈추고

창 밖을 내다보았습니다.

세몬은 깜짝 놀랐습니다. 지금까지 한 번도 창 밖을 내다본

적이 없는 미하일이 창문에 얼굴을 바짝 갖다 대고

무엇인가를 열심히 바라보고 있었기 때문입니다.

'뭘 저렇게 유심히 보는 거지?'

세몬도 창 밖을 내다보았습니다.

옷을 말쑥하게 차려입은 한 여인이 두 여자 아이의 손을 잡고

이 쪽으로 걸어오는 것이 보였습니다. 여자 아이들은 구분이

안 될 만큼 얼굴이 똑같았습니다. 단지 한 아이가 왼쪽 다리를

저는 것이 달랐습니다.

여인은 층계를 올라와 문을 두드렸습니다.

세몬이 얼른 문을 열어 주었습니다.

문이 열리자 여인은 아이들을 먼저 들여보내고

뒤따라 들어왔습니다.

"안녕하세요?"

"어서 오세요. 이리 좀 앉으세요."

마트료나가 의자를 내밀었습니다.

여인이 의자에 앉자 두 여자 아이는 수줍은 듯 여인에게

기대어 얼굴을 무릎에 묻었습니다.

"아이들의 봄 구두를 좀 지어 주세요."

여인은 아이들의 발을 가리켰습니다.

"아, 그러세요? 발이 몹시 귀엽군요. 요렇게 작은 발에 맞는

구두는 지어 본 적이 없지만 열심히 해 보겠습니다.

예쁘게 나비 장식을 달아 드릴 수도 있고, 발이 편하도록

안에 천을 덧대어 드릴 수도 있습니다.

우리 미하일은 솜씨가 무척 뛰어나답니다."

세몬은 미하일을 돌아보았습니다.

미하일이 고개를 끄덕였습니다. 그렇게 하겠다는 뜻이었지요.

미하일은 하던 일을 잠시 멈추고 아이들을

뚫어지게 바라보았습니다.

세묜은 미하일의 그런 모습을 보고 놀랐습니다.

좀처럼 그런 일이 없었기 때문입니다.

'아이들이 예뻐서 그런가? 내가 보기에도 아이들이

아주 귀엽군. 게다가 아이들이 입고 있는 털외투와 숄도

매우 좋아 보이네. 하지만 미하일이 두 아이에게서

눈을 떼지 못하는 이유는 다른 데 있는 것 같은데…….

뭐랄까, 마치 전부터 저 아이들을 잘 알고

있었던 것 같은 눈빛이야!'

세몬은 이런 생각을 하면서 아이들의 발 치수를

재려 하였습니다. 그러자 여인이 발을 저는 아이를 무릎 위에

앉히며 말하였습니다.

"이 아이 발만 재어서 두 켤레를 만들면 됩니다. 아픈 발에

신길 한 짝과 아프지 않은 발에 신길 세 짝을 지어 주세요.

두 아이의 발 크기가 똑같으니까요. 쌍둥이거든요."

세몬은 발을 재고 난 후에 물었습니다.

"어쩌다가 이렇게 되었나요? 참 귀엽게 생겼는데…….

원래부터 그랬나요?"

"아니에요. 어머니에게 눌려서 이렇게 되었답니다."

그러자 마트료나가 호기심어린 얼굴로 나섰습니다.

"그럼, 부인의 딸들이 아닌가요?"

"네, 나는 이 아이들을 낳지는 않았습니다.

그러나 친딸이나 다름없습니다."

"낳지는 않았지만 친딸이나 다름없다고요?"

"네, 그래요."

"무슨 말씀이신지?"

마트료나는 고개를 갸웃거렸습니다.

"낳지는 않았지만 태어나자마자 이 아이들은 내 젖을 먹고

컸습니다. 그러니 내 아이들이나 마찬가지지요."

"허어, 그것 참!"

마트료나는 무슨 영문인지 모르겠다며 계속

고개를 갸웃거렸습니다.

그러자 망설이던 여인이 마침내 이야기를 꺼냈습니다.

"육 년 전의 일이랍니다. 일 주일 사이에 이 아이들의 부모가

모두 세상을 떠났지요. 화요일에 아이들 아버지의 장례식이

있었는데, 금요일에 그만 아이들의 어머니마저 세상을 떠나고

말았어요. 그 때 나는 이 아이네 집 이웃에서 남편과 함께

농사를 지으며 살고 있었어요."

여인은 잠시 숨을 돌렸습니다.

"아이들의 아버지는 친척도 없는 외로운 농사꾼이었습니다.

어느 날 숲에 갔다가 큰 나무에 깔려 쓰러졌는데, 집으로
옮기자마자 곧 세상을 떠났습니다.

사흘 후 그의 아내가 낳은 쌍둥이가 바로 이 아이들이랍니다.

아이들의 어머니는 가진 것도 없는데다 어디 의지할 데도
없이 혼자 아이를 낳다가 세상을 떠난 것입니다. 이튿날 아침
내가 가 보았을 땐 이미 숨을 거둔 뒤였지요.

나는 그 때 진작 도와 주지 못한 것을 크게 후회하였답니다.

그런데 이 아이의 어머니가 숨을 거두면서
그만 아이를 깔고 누웠던 모양입니다.

그래서 이 아이가 다리를 못 쓰게 된 것이지요."

여인은 아이들을 물끄러미 바라보며 말을 이어 나갔습니다.

"결국 갓난아이 둘만 남게 되었습니다. 그래서 제가
이 아이들을 맡기로 하였답니다. 마침 마을에서 젖먹이를
데리고 있는 사람은 나밖에 없었거든요. 첫아들을 낳은 지
두 달 정도 된 때였으니까 젖이 나왔습니다. 나는 그 때 성한
아이에게만 젖을 주고 다리를 다친 아이에게는 젖을 주지
않으려 했어요. 아무래도 살아날 것 같지가 않았거든요.
그러다가 생각을 바꿨습니다. 착한 영혼이 죽어야 할 이유가
없다는 생각이 들었거든요.

그래서 두 아이 모두에게 젖을 물렸어요. 결국 내 아들과
이 두 아이, 그렇게 세 아이에게 젖을 먹이게 된 겁니다.
다행히 하느님의 은혜를 받아 젖이 넉넉했어요. 제가 낳은
아이와 이 두 아이에게 젖을 먹이면서 아이들을 차례로 안아
주었지요. 그런데 이 두 아이는 잘 자랐지만 내가 낳은 아이는
세 살 되던 해에 그만 하느님 곁으로 갔습니다.
나는 몹시 슬펐습니다. 그런 뒤에는 다시 자식을 가질 수
없었어요. 하지만 이 두 아이가 있으니 참을 수 있습니다."
여인은 한 손으로 절름발이 아이를 끌어안으며,
나머지 한 손으로는 볼에 흐르는 눈물을 닦았습니다.
아이들도 여인의 품에서 떨어질 줄 몰랐습니다.
마트료나는 눈물을 찔끔 흘리며 말하였습니다.
"정말 고마운 일이로군요."
이런 이야기들을 주고받는 동안 발 치수를
재는 일이 끝났습니다.
"안녕히 계십시오."
"안녕히 가십시오. 구두는 잘 만들어 드리겠습니다."
여인이 작별 인사를 하자 세몬 부부도 그들을
배웅하였습니다.

그 때, 미하일은 무릎 위에 손을 얹고 앉아서 천장을 쳐다보며
빙그레 웃고 있었습니다.

세 번째 웃음

손님을 배웅한 세몬이 돌아오자 미하일은 일감을 놓고
일어나더니 주인 내외에게 고개를 숙였습니다.
"두 분께 용서를 빕니다. 이제 하느님께서 저를 용서하셨으니
두 분도 저를 용서해 주세요."
"아니, 무슨 용서를?"
그 때, 세몬 내외는 미하일의 몸에서 빛이 나는
것을 보았습니다.
"아, 이렇게 밝은 빛이!"
세몬은 깜짝 놀라 멈칫하였습니다.
"미하일, 자네가 보통 사람이 아니라고는
벌써부터 생각하고 있었네."
"저도요."
마트료나도 고개를 끄덕였습니다.
"자, 도대체 어떻게 된 일인가? 우리는 더 이상 자네를

붙잡을 수도 없고, 붙잡아서도 안 된다는 것을 잘 알고 있네.
하지만 한 가지만 대답해 주게. 자네는 우리 집에 온 후로
딱 세 번밖에는 웃지 않았네. 아내가 저녁상을 차려 주었을
때와 장화를 주문하러 온 신사를 보았을 때, 그리고 조금 전
여자가 두 아이를 데리고 왔을 때 마지막으로 웃었네.
자, 미하일! 자네가 왜 세 번만 웃었는지 말해 줄 수 있겠나?
그리고 몸에서 빛이 나는 이유도…….”
미하일이 천천히 입을 열었습니다.
“제 몸에서 빛이 나는 것은 하느님의 용서를 받았기 때문이고,
세 번 웃었던 것은 제가 깨달아야 할 세 가지 의문에 대한

답을 얻었기 때문입니다."

"도대체 그게 무슨 말인가?"

세몬은 고개를 갸웃거리며 다시 물었습니다.

"미하일, 사람은 누구나 잘못에 대한 벌을 받고 있지 않은가?

자네는 무슨 일로 하느님께 벌을 받았나?

그리고 자네가 깨달은 세 가지란 도대체 뭔가?"

"저는 하느님의 말씀을 어긴 죄로 벌을 받았습니다.

저는 본래 천사였는데, 어느 날 하느님께서 한 여인의 영혼을

데려오라고 분부하셨습니다.

세상에 내려와 보니 그 여인은 막 쌍둥이를 낳고 앓아 누워

있었습니다. 갓난아기들에게 젖을 줄 힘조차 없어 보였지요.

그 여인은 저를 보자 하느님께서 자기의 영혼을 부르신다는

것을 알고 눈물을 흘리며 애원했습니다. '오, 천사님!

제 남편은 숲 속에서 나무에 깔려 세상을 떠났고, 이제 막

장례식이 끝났습니다. 그런데 또 저를 데려가려 하십니까?

보시다시피 제게는 갓 태어난 두 아이가 있습니다.

그런데 이 아이들을 키워 줄 만한 사람이 없습니다. 제발 저를

데려가지 마세요. 이 아이들이 걸어다닐 수 있을 때까지만

기다려 주세요. 부모 없이 아이들이 어떻게 살겠습니까?'

그 말을 들은 저는 한 아이에게 어머니 젖을 물려 주고,

또 한 아이는 어머니 품에 안겨 준 뒤 하늘로 올라갔습니다."

"……."

세몬과 마트료나는 침을 삼키며 미하일을 바라보았습니다.

미하일은 잠시 쉬었다가 다시 이야기를 이어 갔습니다.

"그리고 하느님께 말씀드렸습니다. '남편을 잃은 지 얼마 되지

않아 아이를 낳은 여자가 너무 가여워 그 영혼을 데려올 수가

없었습니다. 여자는 방금 낳은 아이를 조금이나마

더 키울 수 있도록 자기의 영혼을 데려가지 말아 달라고

간절히 빌었습니다. 저는 도저히 그 영혼을

데려올 수 없었습니다.'

그러자 하느님께서 말씀하셨습니다. '이미 정해져 있는

일이다. 다시 가서 그 여자의 영혼을 데려오너라. 그러면 다음

세 가지를 알게 되리라. 사람의 마음 속에는 무엇이 있는가?

사람에게 허락되지 않은 것은 무엇인가? 사람은 무엇으로

사는가? 하는 세 가지 문제이다.' 그래서 나는 다시 세상으로

내려와 여자의 영혼을 데려가려 하였지요. 갓난아기들은

어머니 가슴에서 떨어졌는데, 어머니가 침대 위로 쓰러지면서

아이를 누르는 바람에 한 아이가 한쪽 다리를 다치게

되었답니다. 그래도 저는 그 여자의 영혼을 하느님 앞에
데려가야 했기에 하늘로 날아올랐습니다.
그런데 별안간 세찬 바람이 몰아치더니 제 양쪽 날개가
꺾이고 말았습니다. 결국 여자의 영혼은 하늘 나라로 가게
되었고, 대신 저는 땅에 떨어져 길가에 쓰러지고 말았답니다.
그 때 하느님의 목소리가 들려왔습니다.
'세 가지 물음에 대한 답을 깨달아야 다시 하늘 나라로
돌아올 수 있느니라!' 하고요."
"아!"
"아, 미하일! 당신은 천사이시군요."
세몬과 마트료나는 미하일을 바라보며 두려움과
기쁨의 눈물을 흘렸습니다.
미하일은 계속 이야기를 했습니다.

사랑의 깨달음

"저는 벌거숭이가 된 채 들판에 버려졌습니다. 비로소
인간들이 겪는 추위와 배고픔이 무엇인지 알게 되었습니다.
굶주림과 추위에 떨었지만, 저는 어찌해야 좋을지

몰랐습니다. 문득 주위를 둘러보니 벌판에 교회가 하나
있기에 그 곳으로 기어갔습니다. 하지만 자물쇠가 채워져
있어 안으로 들어갈 수 없었습니다. 그래서 교회 담에 기대어
바람을 피했습니다. 날은 점점 어두워지는데 갈 곳이
없었습니다. 몹시 춥고 배가 고팠습니다. 그 때 누군가가 혼자
중얼거리며 다가오는 소리가 들리더군요. 인간이 되고 나서
처음으로 사람의 얼굴을 보았어요. 저는 두려워서 얼굴을
돌렸습니다. 그 사람은 '겨울에 입을 옷을 어떻게 마련해야
할까, 식구들을 어떻게 먹여 살릴까?' 하고 중얼거렸습니다.
그래서 생각했습니다. '나는 굶어 죽게 생겼는데, 저 사람은
자기 옷을 살 걱정이나 하고 있군. 그러니 나를 도와 줄 리가
있나.' 하고요. 과연 그 사람은 저를 보고는 잔뜩 겁을 먹은
얼굴로 지나쳐 버렸습니다. 저는 몹시 낙담을 했습니다.
그런데 잠시 후 그가 되돌아오는 것이었습니다. 그의 얼굴은
처음 저를 외면하고 갈 때와는 딴판으로 변해 있었습니다.
처음 그의 얼굴에 드리워졌던 죽음의 그림자가 어느덧 말끔히
가신 표정이더군요. 저는 그분의 마음 속에 하느님이 계신
것을 알 수 있었습니다. 그는 저에게 다가와 옷을 입혀 주고
자기 집으로 데려갔습니다. 그의 집에 도착하니 한 여자가

잔소리를 해대기 시작했는데, 정말 무서운 표정이었지요.
더구나 소리를 지를 때마다 죽음의 기운이 그의 몸 속으로
자꾸만 들어갔습니다. 그리하여 죽음의 기운이 깃든 숨을
토해 내는 바람에 숨이 막힐 지경이었습니다. 여자는 저를
밖으로 내쫓으려 했습니다. 그 때 저를 내쫓았다면 그 여자도
죽고 말았을 것입니다. 그런데 남자가 하느님 이야기를
꺼냈지요. 그러자 여자는 곧 태도가 달라지더니, 저에게
음식을 차려 주었습니다. 저를 쳐다보고 있는 여자의
얼굴에선 죽음의 그림자가 말끔히 걷히고 생기가 돌았습니다.
저는 그 때 여자의 마음 속에도 하느님이
계시다는 것을 알 수 있었습니다.
그 때 비로소 '사람의 마음 속에는 무엇이 있는가?' 하는
첫 번째 물음의 답을 깨닫게 되었지요. 저는 매우 기뻤습니다.
그래서 처음으로 웃었습니다. 그러나 여전히 '사람에게
허락되지 않은 것은 무엇인가? 사람은 무엇으로 사는가?' 라는
질문에 대한 답은 알지 못했습니다.
여기에 머문 지 일 년쯤 지났을 때입니다. 어떤 신사가
찾아와서 망가지지도 않고 모양이 변하지도 않는 장화를
주문했지요. 그 때 저는 뜻밖에도 그 신사의 뒤에 서 있는

제 친구를 발견하였습니다. 제 친구는 그 신사의 영혼을
거두어 가려고 내려왔던 것입니다. 그래서 저는 해가 지기
전에 그 신사가 숨을 거두리라는 것을 알게 되었습니다. 저는
생각했습니다. '이 신사는 오늘 안에 죽는다는 것을 모르고
일 년 동안 신을 구두를 주문하는구나.' 하고요. 그 때
사람에게 허락되지 않은 것이 무엇인가를 깨닫게 되었습니다.
사람에게는 자신에게 정말 필요한 것이 무엇인지를 미리 아는
지혜가 허락되지 않았던 것입니다. 그저 눈앞의 욕심만

73

채우려 한다는 것을 알게 되었지요. 저는 동료 천사를 만난
것과 함께 두 번째 말씀을 깨달은 것이 기뻐서 빙그레
웃었습니다. 그렇지만 나머지 한 가지, 즉 '사람은 무엇으로
사는가?' 하는 문제를 여전히 깨닫지 못하고 있었습니다.
저는 계속 여기에 머물면서 마지막 말씀에 대한 깨달음을
얻을 때를 기다렸습니다.

육 년이 지난 오늘, 어떤 부인이 쌍둥이 아이 둘을 데리고
이 곳에 왔습니다. 저는 그 아이들이 살아 있는 것을 보고
몹시 기뻤습니다. 그 아이들 어머니의 영혼을 바로 제가
하늘 나라로 인도했으니까요. '아이들의 어머니가 애원할 때
이 아이들이 정말로 어머니 없이 살아갈 수 있을까
걱정했는데 다른 여자가 젖을 먹여 이렇게 키우고 있구나!
아, 이것이 바로 사랑이로구나.' 하고요. 그 부인이 친딸도
아닌 아이들을 불쌍히 여겨 눈물을 흘리는 순간, 저는
부인의 마음 속에 있는 하느님의 모습을 보았습니다. 그래서
'사람은 무엇으로 사는가?' 하는 질문의 답을 깨달았습니다.
사람은 사랑으로 살아가는 것이었습니다.

하느님이 이 마지막 말씀까지도 깨닫게 해 주셨기에
저는 용서를 받았다는 것을 알게 되었습니다.

그래서 세 번째로 웃었던 것입니다."

"아!"

미하일의 이야기가 끝나자 세몬과 마트료나는

두 손을 꼭 잡았습니다.

"그 동안 우리가 잘못하였습니다."

"네, 참으로 부끄럽습니다."

세몬과 마트료나는 어쩔 줄 몰라 하였습니다.

"아닙니다. 두 분이 아니었으면 저는 하느님으로부터

용서를 받지 못했을 것입니다."

그 순간이었습니다. 미하일의 옷이 벗겨지면서 온몸이

더욱 밝은 빛으로 둘러싸였습니다. 세몬의 가족들은

눈이 부셔서 바로 쳐다볼 수가 없었습니다.

그 때, 미하일에게서 은은한 목소리가 울려 나왔습니다.

그것은 미하일의 입에서 흘러나오는 것이 아니라

마치 하늘에서 나는 소리 같았습니다.

"사람은 누구나 자신에 대한 사랑이 아니라 남을 위한

사랑으로 살아간다는 것을 깨달았습니다. 제가 사람이 되어

살아남을 수 있었던 것은 마침 그 곳을 지나가던 한 남자와

그 아내의 마음 속에 저를 불쌍히 여겨 주는 사랑이 있었기

때문입니다. 두 고아가 살아남은 것도 한 여인의 사랑이
있었기 때문입니다. 이처럼 모든 사람들을 살아가게 하는
것은 바로 '사랑' 입니다. 남을 사랑하며 살아가는 것이 정말
사람답게 살아가는 길입니다."
말이 끝나자 하늘에서 더욱 우렁찬 찬송가가 들려왔습니다.
그러자 집이 흔들리더니 천장이 두 쪽으로 갈라지며
푸른 기운이 하늘로 치솟았습니다.
세몬은 아내와 아이들과 함께 바닥에 엎드렸습니다.
미하일의 등에서는 눈부시게 흰 두 날개가 서서히 돋아나더니
하늘로 날아오르기 시작하였습니다.
미하일은 곧 고개를 끄덕이며 하늘로 날아올랐습니다.
온 집 안이 영롱한 빛으로 감싸인 가운데 아름다운 음악이
우렁차게 울려 퍼졌습니다.
잠시 후 음악이 그치고 세몬이 정신을 차려 보니
집은 전과 다름이 없었습니다.
세몬의 가족들은 서로 얼싸안고 있었습니다.
"감사합니다, 하느님."
"고맙습니다. 우리를 바른 길로 인도해 주셨습니다."
세몬과 마트료나는 기쁨의 눈물을 주르르 흘렸습니다.

사랑이 있는 곳에 신이 계신다

슬픔을 이기고

어느 마을에 마틴 아브제이치라는 구두 수선공이
살고 있었습니다.

그는 창문이 하나밖에 없는 지하 작은 방에 살았습니다.

그러나 창문이 길 쪽으로 나 있어 지나가는 사람들을
내다볼 수 있었습니다.

하지만 보이는 건 발뿐이었습니다. 마틴은 신발만 보고도
그가 누구인지를 다 알아맞혔습니다. 그는 오래 전부터
이 곳에 살고 있었으므로 사람들의 구두 모양을

훤히 알고 있었던 것이지요.

근방에 사는 사람들의 구두치고 그의 손을 한두 번 거쳐 가지
않은 것은 없었습니다.

구두 밑창을 갈거나 가죽 조각을 대어 깁기도 하고, 때로는
덮개 가죽을 몽땅 새 것으로 갈아 준 적도 있었습니다.

그래서 그는 자신의 손을 거쳐 간 신발들을 바라보며
미소를 짓곤 하였습니다.

마틴에게는 일거리가 매우 많았습니다. 일을 꼼꼼하게 하고
재료도 좋은 걸 사용하였기 때문입니다. 그리고 무엇보다도
정해진 날짜를 잘 지켰습니다. 기한 내에 끝낼 수 있으면 일을
맡았고, 그렇지 못할 경우에는 맡을 수 없는 이유를 분명하게
말하고 사양했습니다.

"마틴은 참 분명한 사람이야."

많은 사람들이 그를 칭찬하였습니다.

마틴은 점점 나이가 들어 갔습니다. 이제는 흰 머리카락도
많이 생겨났지요.

"아, 참으로 힘든 세월이었어!"

마틴은 요즘 들어 부쩍 자신의 영혼에 대해
생각하는 일이 많아졌습니다.

'내가 막 구두 수선 일을 배우기 시작했을 때,
아내는 세 살 먹은 사내아이 하나를 남기고 이 세상을 떠났지.
그 때는 정말 하늘이 무너지는 것만 같았어. 갓난아기를
남겨 놓고 엄마가 먼저 세상을 떠나다니…….
그래서 나는 이 아이를 시골의 누이동생에게 맡기려 했지.
하지만 아버지로서 도리가 아니라는 생각이 들어 내가 직접
키우기로 했지. 우유를 먹여 가며 갓난아기를 키우는 일이란
여간 힘들지 않았어.'
마틴은 과거가 떠오르자 괴롭다는 듯 고개를 가로저으며
다시 구두를 집어들었습니다.
그런데도 자꾸만 옛날 일이 떠올랐습니다.
'나는 아이를 키우기 위해 주인집을 나와 따로 방을 구했지.
그러나 하느님은 나에게 자식복을 주시지 않았어. 아이가
겨우 자라서 제법 걸어다닐 때쯤 갑자기 폐렴에 걸리고
말았지. 갖은 애를 다 썼으나 그 녀석은 끝내 이 세상을
떠나고 말았어. 그 녀석이 잘 자라서 나와 함께 일하기를
기대했는데……. 그 때 나는 정말 크게 낙심하고 말았지.'
마틴은 이 세상을 떠난 아들 생각에 이르자
목이 메어 어쩔 줄을 몰랐습니다.

'그 때 아들을 잃은 슬픔이 너무나 커서 하느님을 몹시
원망하였어. 차라리 나를 데리고 갈 일이지, 왜 귀여운
외아들의 목숨을 앗아 가느냐며 하느님을 비난하기까지 했지.
그리고 쓸쓸함을 이기지 못하여 몇 번이고 하느님께
죽음을 간청하기도 하고…….
그래서 나는 한동안 교회에도 나가지 않았어.'
마틴은 가슴이 벅차올라 물을 한 모금 마셨습니다.
'그러던 어느 날, 고향 마을에서 온 노인 한 분을 만나게
되었지. 그 노인은 7년째 순례 여행을 계속하고 있는
훌륭한 분이었지. 그 노인의 가르침을 따라
다시 하느님을 모시게 되었지.'

촛불 앞에서

마틴은 그 때 일을 다시 떠올렸습니다.
"저는 어떻게든 빨리 죽고만 싶습니다. 이 세상에 아무런
희망도 없는 인간이 되어 버렸거든요."
마틴의 울부짖음에 노인은 고개를 저었습니다.
"자네 말은 옳지 못하네. 우리는 하느님의 일에 대해

시시비비해선 안 된다네. 세상일은 우리가 아니라
하느님이 결정하시는 거니까. 자네 아들이 세상을 떠나게 한
것이나 또 자네가 죽고 싶어도 살아 있도록 정하신 것은
모두 하느님의 뜻이야. 그런데도 자꾸 죽고 싶다고 한다는 건
결국 자네가 자신의 기쁨만을 위해 살기를 원한다는 것일세."
"그럼 대체 무엇을 위해 살아가야 한단 말입니까?"
"마틴, 하느님을 위해 살아가야 하네. 자네에게 생명을 넣어
이 세상으로 보내 주신 분은 바로 하느님이시니까!
하느님을 위해 살아가면 슬퍼할 일도 없어질 것이며
모든 일이 순조로워질 걸세."
마틴은 잠시 생각에 잠겼다가 되물었습니다.
"도대체 어떻게 하는 것이 하느님을 위해
살아가는 것입니까?"
"그것은 이미 하느님께서 다 가르쳐 주셨네. 자기보다 남을
위해 살아가는 것이지. 자네 글 읽을 줄 알지?
복음서를 읽어 보게. 그러면 더욱 뚜렷이 알게 될 걸세."
이 말을 들은 마틴은 바로 복음서를 구해
읽기 시작하였습니다.
'그래, 속는 셈치고 일 주일만 읽어 보자.'

그러나 마틴은 읽을수록 마음이 편안해져 거의 매일 읽게
되었습니다. 때로는 복음서를 읽는 데 너무 열중하여 램프의
기름이 모두 닳아 버린 것도 모를 정도였습니다.
'아, 나는 지금까지 아무것도 모르고 세상을 원망하였구나!'
마틴은 날이 갈수록 기쁨을 찾아 가며
빙그레 미소를 지었습니다.
'읽으면 읽을수록 하느님이 나에게 무엇을 바라시는지
알 것 같아. 그럴수록 점점 마음도 가벼워지는군.'
마틴은 점점 다른 사람이 되어 갔습니다.
전에는 잠자리에 들어서도 한숨을 쉬며 죽은 아내와 아들만
생각하였는데, 지금은 '주여, 모든 일을 주님 뜻대로 하소서!'
하며 기도를 올렸습니다.
전에는 더러 술을 마시기도 하였으나 복음서를 읽기
시작하고부터는 술집 근처에도 가지 않았습니다.
술을 마시지 않으니 남의 흥을 볼 일도 없어졌고, 싸울 일도
없었습니다. 그의 생활은 오로지 고요함과 기쁨으로 가득 차
올랐습니다. 아침 일찍 일어나 맡은 일을 하고 저녁이면
하루 일을 무사히 마친 데 대해 감사의 기도를 올렸습니다.
잠자리에 들기 전에는 촛불 앞에서 조용히 복음서를

읽었습니다. 한 번 읽은 것이지만 다시 읽을 때마다 새로운
기쁨을 느끼곤 했습니다.
'참 좋은 말씀이야. 읽으면 읽을수록 더 깊은 뜻이
숨어 있다는 것이 느껴져.'
마틴은 기분이 좋아져 혼자 있으면서도 늘 웃었습니다.

한 번은 마틴이 밤늦게까지 성경 읽기에 열중하고
있었습니다. 그는 '누가복음'을 읽고 있었는데, 제6장에서
다음과 같은 구절을 발견했습니다.

"누가 너의 왼쪽 뺨을 치거든 오른쪽 뺨마저 대어 주고, 누가 겉옷을
빼앗거든 속옷마저 내주어라. 달라는 사람에게는 다 주고 빼앗는
사람에게는 되받으려고 하지 마라. 너희가 남에게서 바라는 대로
너도 남에게 해 주어라."

이 구절을 읽던 마틴은 벌떡 일어났습니다.
"그래, 바로 이거야. 이렇게 살아야 하는 거야."
마틴은 크게 기뻐하며 다음 구절을 읽어 내려갔습니다.

"너희는 나에게 주님, 주님 하면서 어찌하여 내 말을 실행하지 않느냐?

나에게 와서 내 말을 듣고 실행하는 사람은 땅을 깊이 파고 반석 위에 기초를 놓고 집을 짓는 사람과 같다. 홍수가 나서 큰물이 집으로 들이치더라도 그 집은 튼튼하게 지어졌기 때문에 조금도 흔들리지 않는다. 그러나 내 말을 듣고도 실행하지 않는 사람은 기초도 없이 모래 위에 집을 지은 사람과 같아서 이리저리 흔들리는 사람이다. 큰물이 들이치면 그 집은 곧 무너져 없어지고 말 것이다.”

마틴은 이 구절을 읽는 동안 가슴이 더욱 큰 기쁨으로 가득 차오르는 것을 느꼈습니다. 마틴은 조용히 안경을 벗어 책 위에 내려놓고, 바르게 앉아 생각에 잠겼습니다.

'나의 집은 어떨까? 반석 위에 세워졌을까, 아니면 모래 위에 세워졌을까?

반석 위라면 그보다 더 고마울 게 없는데…….

아무튼 이렇게 혼자 앉아 있으면 마음이 아주 편해지고, 하느님의 말씀대로 살아 온 것 같은 느낌이 들거든. 하지만 자칫 마음이 풀어지면 또 잘못을 저지르게 되겠지. 마음이 풀어지지 않도록 항상 각오를 새롭게 하자.

스스로를 이겨 나가자. 마음을 바르게 가진다는 것은 얼마나 기쁜 일이냐? 주여, 저를 도와 주소서.

다시는 흔들리지 않도록 굳게 잡아 주소서!'

마틴은 기도를 마치고 잠자리에 들었습니다. 그러나
조금 전에 읽은 구절이 너무나 좋아서 잠이 오지 않았습니다.
마틴은 다시 일어나 제7장을 읽기 시작하였습니다.
백부장의 이야기며 어느 과부 아들 이야기, 요한이
두 제자에게 대답하는 이야기가 실려 있었습니다.
또 어느 부유한 바리새인이 주님께 자기 집에서 함께 식사를
하시도록 청한 이야기도 읽고, 죄인인 한 여자가 주님의 발에
향유를 붓고 눈물로 발을 씻어 드리자 주님께서 그녀의 죄를
사하였다는 이야기도 읽었습니다. 44절에 이르렀을 때에는
중얼중얼 소리까지 내었습니다.

"여자를 돌아보시며 시몬에게 말씀하셨다.
 '이 여자를 보아라. 내가 네 집에 들어왔을 때 너는 나에게
발 씻을 물도 주지 않았지만 이 여자는 눈물로 내 발을 적시고
머리카락으로 내 발을 닦아 주었다.
너는 내 얼굴에도 입맞추지 않았지만
이 여자는 내가 들어왔을 때 내 발에 입맞추어 주었다.
너는 내 머리에 기름을 발라 주지 않았지만
이 여자는 내 발에 향유를 발라 주었다.'"

마틴은 이 구절을 읽다 말고 잠시 생각에 잠겼습니다.
순간 그의 얼굴이 붉어졌습니다. 그는 안경을 벗어 놓고는
머리를 감싸쥐었습니다.

'발 씻을 물도 주지 않고 입을 맞추지도 않고, 머리에 기름도
발라 주지 않았다고……. 아, 나도 이 시몬과 다를 바 없구나.
나 역시 혼자만 편하게 지내려 했지, 고통받고 있는 이웃을
보살피는 데는 소홀하였다. 만약 우리 집에 주님이
거하신다면 나 역시 이 바리새인처럼 제대로
대접하지 못했을 것이다. 아!'

이상한 말씀

마틴은 부끄러워 눈을 감았습니다.

슬그머니 졸음이 밀려왔습니다.

그 때였습니다. 누군가가 그의 귓전에 대고

나직히 이름을 불렀습니다.

"마틴아, 마틴아!"

마틴은 졸음에 취한 눈을 겨우 뜨고 허둥지둥 말했습니다.

"누구십니까?"

마틴은 소리가 들려온 쪽을 바라보았습니다.

그러나 아무도 보이지 않았습니다.

'참 이상하네. 분명히 누가 나를 부른 것 같았는데……'

마틴은 다시 누워 눈을 감았습니다.

잠시 후 누군가가 또 마틴을 불렀습니다.

이번에는 아까보다 더 또렷한 목소리였습니다.

"마틴아, 마틴아. 내일 한길을 내다보아라. 내가 거하리로다."

마틴은 눈을 비비며 다시 일어나 앉았습니다.

'그것 참 알 수 없네. 누가 내일 우리 집 앞을

지나간다는 거지?'

마틴은 이러저런 생각을 하다가는 그만

깊이 잠들고 말았습니다.

이튿날, 마틴은 날이 밝기도 전에 일어나

하느님께 기도를 올렸습니다.

"주여, 오늘 하루도 은혜를 베푸소서. 기쁨 속에 하루를 보낼

수 있도록 허락하소서."

마틴은 기도를 마친 다음 아침 식사 준비를 하였습니다.

먹다 남은 수프를 다시 끓이고 빵을 데웠습니다.

그리고 차와 함께 아침 식사를 한 다음

앞치마를 두르고 창문 옆에 앉아 일을 하기 시작하였습니다.

마틴은 구두를 꿰매면서도 지난 밤의 일이 생각나 자꾸만

창문 쪽으로 고개를 돌렸습니다.

'꿈 속 같기도 하지만 분명히 꿈은 아니었어. 그렇지 않고서야

이렇게 뚜렷이 생각날 수가 있는가? 들리기로는 하느님이

오신다는 것처럼 들렸는데……. 그것 참 이상하네.'

마틴은 고개를 갸웃거리며 혹시 본 적이 없는 신발을 신은

사람이 지나가지 않는지 유심히 살펴보았습니다.

그러다가 더러 낯선 신발이 보이면

얼굴을 보기 위해 몸을 낮추곤 했습니다.

먼저 새로 지은 누런색 구두를 신은 저택 관리인이 지나갔고,

흠뻑 젖은 구두를 신은 물장수가 지나갔습니다.
한참 후에 주름이 많이 생긴 낡은 장화를 신은 노인이
나타났습니다. 마틴은 주름이 많은 장화와 걸음걸이를 보고
그가 누구인지를 금방 알아챘습니다. 그는 스체파누이치라는
늙은이로 니콜라이 1세 때의 군인이었습니다. 그래도
마틴보다 서너 살밖에 더 많지 않았습니다. 그는 집도 없이
이웃 상인의 저택을 관리하며 그럭저럭 살아가고 있었습니다.
그의 걸음걸이는 힘이 다 빠져서인지 투벅거렸습니다.

스체파누이치는 골목의 눈을 치우고 있었습니다.

그는 연신 삽자루를 쥔 손에 침을 뱉어 가며 굳어 버린 눈을

파내느라 애쓰고 있었습니다. 이가 다 빠져 버려서인지

아래 얼굴이 홀쭉해 보였습니다.

마틴은 그 모습을 바라보며 끌끌 혀를 찼습니다.

"나도 이제 저 나이와 비슷해졌으니 곧 저런 모습이 되겠지."

마틴은 고개를 흔들며 어젯밤의 일을 다시 떠올렸습니다.

'도대체 오늘 오신다는 분은 언제쯤 어떤 모습으로

나타나실까? 설마 저런 늙은이의 모습으로 나타나는 것은

아니겠지? 아, 나도 이제는 망령이 들어 버렸어.

저런 늙은이를 보고 주님을 떠올리다니 말이야!'

마틴은 고개를 저으며 다시 구두 꿰매는 일에 정신을

쏟았습니다. 그런데 도무지 집중이 되지 않았습니다.

자꾸만 창 밖으로 눈이 갔습니다.

스체파누이치는 작은 삽을 벽에 세워 둔 채, 손을 녹이면서

쉬고 있었습니다. 흰 입김이 나오는 것으로 보아

숨을 몰아쉬고 있는 것이 분명했습니다.

'늙은이라서 그런지 아무래도 눈을 치우기가 힘에 부치는 것

같아. 저 친구에게 차라도 한잔 대접해야겠군.

마침 물도 끓고 있으니.'

마틴은 바늘을 구두에 꽂아 두고 자리에서 일어나 찻주전자를

테이블로 가져왔습니다.

그러고는 유리창을 똑똑 두드렸습니다.

스체파누이치가 돌아보고 창가로 다가오자 마틴은 안으로

들어오라고 손짓을 하였습니다.

"안으로 들어와 몸 좀 녹이게. 바깥은 무척 춥지?"

"어, 그래? 고맙네. 뼈가 어찌나 욱신거리고 아픈지!"

스체파누이치는 안으로 들어서기 전에 눈을 털고 바닥에

자국이 나지 않도록 다시 발을 조심스럽게 닦았습니다.

그 바람에 그만 중심을 잃고 비틀거렸습니다.

"괜찮네. 나중에 내가 닦을 테니 어서 이리로 와서

앉기나 하게."

마틴이 부축해 주었습니다.

"자, 차 한잔 들게."

마틴은 잔 두 개에 차를 따른 다음, 하나를 손님에게 건네고

하나는 자신이 집어들었습니다.

그러고는 후후 불어 가며 마시기 시작하였습니다.

"고맙네, 고마워."

스체파누이치는 차를 마시며

연신 고맙다는 인사말을 하였습니다.

"자, 더 마시고 몸을 좀 녹이게."

마틴은 손님의 잔에 다시 차를 가득 따랐습니다.

기다리는 손님

마틴은 차를 마시면서도 줄곧 창 밖을 내다보고 있었습니다.

"누굴 기다리고 있는가?"

"글쎄, 부끄러운 이야기지만 간밤에 이상한 소리를

들어서……."

"무슨 소리를 들었길래?"

"꿈이었는지 생시였는지 잘 모르겠네만, 어젯밤에 이상한

소리를 들었네. 일을 마치고 예수님 이야기가 적힌 복음서를

읽고 있었지. 예수님이 괴로움을 당하신 이야기며, 사방을

돌아다니며 사람들을 가르치신 이야기를 읽고 있었네.

자네도 읽어 보았겠지?"

"가끔 이야기로 듣긴 했지만 나는 눈 뜬 장님이라서……."

스체파누이치가 어린아이처럼 얼굴을 붉혔습니다.

"원 별말씀을 다 하시네. 어젯밤에 나는 예수님이 바리새인의
집에 들르셨는데, 그 바리새인은 손님 대접을 제대로 하지
않았다는 대목을 읽고 있었지. 그러다가 그 바리새인이 왜
예수님을 제대로 대접하지 않았는가를 생각해 보게 되었어.
그러자 문득 나도 남을 제대로 대접하지 못하고 있다는
생각이 들어 몹시 부끄러워졌네. 사람이 남을 제대로
대접하지 못하는 것은 방법을 잘 몰라서이기도 하지만
무엇보다도 사랑이 부족하기 때문이 아닌가 하는 생각이
들더군. 아무튼 그런 생각을 하며 꾸벅꾸벅 졸기 시작했지.
그런데 누가 내 이름을 부르는 것 같았어. 잠을 깨 보니 마치
누가 귓전에 대고 속삭이는 것처럼 '내일 한길을 내다보아라,
내가 거하리로다' 라고 하지 않겠나? 더욱이 그 말씀은
두 번이나 되풀이되었어. 그래서 마음 속으로
어이없어하면서도 혹시나 주님이 오시지 않을까
기다리고 있는 걸세."
스체파누이치는 기쁨에 찬 얼굴로 고개를 끄덕였습니다.
마틴이 다시 그 잔에 차를 따랐습니다.
"자, 좀더 들게! 그런데 나는 왠지 주님이 틀림없이 이 곳에
오실 거라는 생각이 드네.

주님이 이 지상에 계셨을 때에는 어떤 사람이나 가리지 않고
다 만나질 않으셨는가? 특히 힘든 일을 하는 밑바닥 사람들을
더 많이 상대하셨고 언제나 이름 없는 사람들의 집만
방문하셨네. 그리고 제자를 택하실 때도 대개 우리처럼
죄 많은 사람들 중에서 고르셨어. 늘 '누구든지 자기를 높이는
사람은 낮아지고, 자기를 낮추는 사람은 높아지리라' 고
가르치셨지. 또 '당신들은 나를 주님이라 부르고 있지만,
나는 반대로 당신들의 발을 닦아 준다. 누구나 가장 훌륭한
사람이 되려면, 모든 사람들의 종이 되어야 한다. 왜냐하면
남의 종이 되어 자신을 버릴 줄 아는 사람만이 참으로
행복해질 수 있기 때문이다' 라고 말씀하지 않으셨는가?"
스체파누이치는 차도 마시지 않고 열심히 마틴의
이야기에 귀를 기울였습니다.
그러더니 눈물까지 주르륵 흘렸습니다.
"자, 더 들게."
"아닐세. 실컷 마셨네. 이제 몸도 마음도 다 풀렸네."
스체파누이치는 가슴에 십자를 그으며 일어섰습니다.
그의 얼굴은 매우 편안해 보였습니다.
"천만에. 또 들러 주시게. 사람이 와 주는 것만큼 기쁜 일이

어디 있겠는가?"

"고맙네, 정말 고맙네."

스체파누이치는 몇 번이고 마틴의 손을 잡아 흔들었습니다.

마틴은 스체파누이치의 팔을 붙잡아 주었습니다.

스체파누이치는 기쁜 얼굴로 밖으로 나갔습니다.

마틴은 찻잔과 주전자를 제자리에 갖다 놓고는 다시 창가에
앉아 구두를 꿰매기 시작하였습니다.

그렇지만 일이 손에 잡히지 않았습니다. 마틴은 또다시
창 밖을 내다보았습니다.

그 때, 두 명의 젊은 군인이 지나갔습니다. 하나는 군화를,
다른 하나는 일반 장화를 신고 있었습니다.

또 예쁜 장식 구두를 신은 이웃집 아주머니가 지나가고,
밀가루 반죽이 잔뜩 묻은 구두를 신은 빵집 주인이
지나가기도 하였습니다.

한참 뒤, 이번에는 양말도 없이 너덜너덜하게 해진 신발을
신은 한 여인의 모습이 창 밖에 나타났습니다. 머리카락이
온통 헝클어져 있었습니다. 그 여자는 마틴의 창문을 지나
벽 앞에 멈춰 섰습니다. 거기에는 햇빛이 좀 들어왔습니다.
마틴은 물끄러미 그 여인을 내다보았습니다.

자세히 보니 그 여인은 갓난아기를 안고 있었습니다. 여인은
아기가 바람을 맞지 않도록 바람이 불어 오는 쪽으로 등을
돌리고 서 있었습니다. 아기를 감싸려고 했지만 제대로 감쌀
것이 없자 난처해하고 있었습니다.

– 으앙 으앙!
– 울지 마라, 아가야. 제발 좀 울지 마라!

마틴은 입 모양만 보고도 아기의 울음소리와
아기를 달래려 애쓰는 여자의 목소리가 느껴지는 것 같아
혀를 끌끌 찼습니다.
"저런, 이 추운 날씨에……. 쯧쯧!"
마틴은 계단으로 올라가 문을 열고 그 여자를 향해
소리쳤습니다.
"이봐요! 이봐요!"
여자가 두리번거렸습니다.
마틴이 손을 흔들며 외쳤습니다.
"왜 이 추운 날씨에 아기를 안고 밖에 서 있어요?
이리로 와서 좀 피하세요."

여자는 둘레를 한참 살펴보더니, 자기밖에 없자
마틴의 창을 향해 다가왔습니다.
"아기가 몹시 춥겠소. 몸을 좀 녹이고 가시구려."
마틴은 여자를 집 안으로 안내했습니다.

군인의 아내

"자, 난로 가까이 앉아요. 우선 몸부터 녹인 다음
아기에게 젖을 주세요."
여자는 머뭇거리며 겨우 입을 열었습니다.
"고맙습니다. 하지만 젖이 안 나와요. 아침부터 아무것도
먹질 못해서……."
여자는 울먹이면서 아기에게 젖을 물렸습니다.
젖이 나오지 않자 아기는 얼굴을 찡그렸습니다.
마틴은 고개를 저으며 부엌으로 가서
빵과 양배추 수프를 가져왔습니다. 수프는 난로 가까이
있어서 아직 따뜻했습니다.
"자, 변변찮지만 좀 들어 보시오. 혼자 사는 늙은이라 뭐
마땅하게 대접할 음식이 없소."

"정말 고맙습니다."

여자는 가슴에 십자를 긋고는 먹기 시작하였습니다.

허겁지겁 먹는 모습이 며칠은 굶은 듯하였습니다.

"자, 차를 마셔 가며 천천히 들어요. 체할까 봐 걱정입니다."

마틴은 아기를 받아 안았습니다.

아기는 아까부터 계속 울고 있었습니다.

하지만 귀찮거나 시끄럽기는커녕 마틴의 눈에는

여간 귀엽게 보이지 않았습니다.

"아이고, 이렇게 귀여울 수가! 천사가 따로 없구나!"

아기를 보자, 일찍 세상을 떠난 아들이 생각나 눈물이

나왔습니다. 마틴은 몰래 눈물을 닦고는 아기에게 입을

맞추려 하였습니다.

'아, 이제는 이가 다 빠지고 없어서 그런지 입도

못 맞추겠구나.'

마틴은 머쓱해하면서 아기를 달래기 위해

계속 올렸다 내렸다 하였습니다.

그래도 아기는 배가 고픈지 울음을 멈추지 않았습니다.

마틴은 손가락을 빙글빙글 돌리면서 아기의 입술 앞까지

가져갔다가는 재빨리 뒤로 빼곤 하였습니다.

손가락을 입에 넣지는 않았습니다. 그의 손가락은 구두를

깁느라 새까맣게 더러워져 있었기 때문입니다.

갓난아기가 마틴의 손가락에 눈이 팔려 울음을 그치고

어느 틈엔지 생글거리기 시작하였습니다.

마틴도 기분이 좋아져서 아기를 꼭 안아 주었습니다.

"그래, 이 추운 날씨에 어찌 된 일이오?"

마틴이 조심스럽게 입을 열었습니다.

"네, 저는……."

여자도 조심스럽게 말을 꺼냈습니다.

"제 남편은 군인인데 8개월 전에 어디론가 멀리 떠났습니다.

그 뒤로는 아무런 소식이 없구요. 저는 먹고살기가 힘들어

남의 집 가정부로 들어가 일을 했습니다.

그러다가 그 곳에서 이 아이를 낳았지요. 아이가 생기니까

더 이상 일을 할 수 없었습니다.

그래서 일자리도 없이 석 달을 겨우 지내 왔습니다.

유모가 되어 보려고도 했지만 아무도 받아 주지 않았습니다.

몸이 너무 야위어 안 된다는 겁니다. 오늘도 어느 상인의 집에

다녀오는 길이에요. 그 집엔 이미 할머니가 고용되어

있었지만 한번 와 보라고 했거든요.

다 된 줄 알고 갔는데, 안주인이 고개를 저으며 다음에 다시
와 보라는 거예요. 아마 제가 몹시 약해 보였나 봐요. 애원을
했지만 막무가내여서 하는 수 없이 그냥 돌아오는 길입니다.
길이 멀어서 이틀 동안 걸었더니 힘이 다 빠지고 말았습니다."

"저런, 쯧쯧……. 참 딱한 형편이군요."

"네, 앞으로 어떻게 하면 좋을지 모르겠습니다."

여자는 한숨을 푹 내쉬었습니다.

"그런데 겨울옷이 보이지 않는군요?"

"네, 그래요. 겨울옷을 입어야 할 철이지요. 겨우 하나 남아
있던 숄도 며칠 전 겨우 20코페이카에 저당 잡혀 버렸어요.
먹을 것이 없어서요."

마틴은 아기를 여인에게 도로 안겨 주고 옷장을 열어 추위를
막을 만한 것이 있나 찾아보았습니다. 낡기는 했지만 두꺼운
남자 외투가 하나 있었습니다.

"자, 이거라도 걸쳐 봐요. 혹시 아기를 감싸는 데
도움이 된다면……."

여자는 얼른 외투를 받으며 울먹였습니다.

"고맙습니다. 아끼시는 옷 같은데
저에게 주시면 어떻게 하지요?"

"나야 뭐 밖에 나가지 않으면 되니까요."
마틴은 아기가 추위를 면할 수 있다고 생각하니
마음이 푸근해졌습니다.
"그리스도께서 할아버지께 은총을 내리시기를!
그리스도께서 저를 이 창가에 오도록 하신 것이 틀림없어요.
그렇지 않았다면 저와 아기는 얼어 죽고 말았을 것입니다.
어제 집을 나설 때는 그래도 걸을 만했는데,
오늘은 갑자기 추워졌습니다. 필시 그리스도께서
할아버지를 저에게 보내 주신 것이 틀림없습니다."
그 말을 듣자 마틴은 빙긋이 웃으며 대답하였습니다.
"그래요, 그리스도께서 그렇게 하도록 만드신 거예요. 어제
제가 주님으로부터 창 밖을 내다보라는 말씀을 들었거든요."
마틴은 군인의 아내에게 어젯밤에 겪었던 일을
이야기해 주었습니다.
"오늘 주님께서 우리 집 창 밖을 지나간다고 하셨습니다."
"그러셨군요. 저를 돌보아 주시는 사이에 그분이 지나가실지
모르니 저는 이만 돌아가겠습니다. 오늘 정말 고마웠습니다.
할아버지 덕분에 떨지 않고 집으로 갈 수 있게 되었습니다.
정말 고맙습니다. 안녕히 계세요."

여자는 마틴이 준 외투로 아기를 감싼 다음 등에 업었습니다.

"고맙습니다. 부디 주님을 만나시기 바랍니다."

군인의 아내가 나가려 하자, 마틴은 얼른 옷장 문을 열고

그 동안 애써 모아 둔 돈을 모두 꺼내 보았습니다.

20코페이카가 조금 넘었습니다.

"자, 주님을 위해 이것을 가져가요."

마틴은 돈을 내밀었습니다.

"아닙니다. 받을 수 없습니다. 음식도 잘 먹었고

옷까지 받았는데……."

"자, 이것으로 숄을 찾도록 해요. 그래야 이 겨울을 넘길 수

있지 않겠소? 그리고 앞으로도 어려운 일이 있으면

언제든지 우리 집으로 오시오."

군인의 아내는 망설이다 겨우 돈을 받았습니다.

"정말 고맙습니다. 이 은혜를 어떻게 갚아야 할지……."

군인의 아내는 두 번이나 가슴에 십자를 그었습니다.

그러고는 마틴의 손을 꼭 잡았습니다.

마틴도 십자를 긋고 군인의 아내를 문 앞까지

바래다 주었습니다.

군인의 아내는 몇 번이나 고개를 숙이고는 떠나갔습니다.

어둑해질 무렵

마틴은 탁자 위를 깨끗이 치운 다음, 다시 자리에 앉아
구두를 깁기 시작하였습니다.

하지만 여전히 어젯밤 일이 머릿속에서 떠나지 않았습니다.

누가 지나가는지 보기 위해 날이 어두워지는데도 창문에서
눈을 떼지 않았습니다. 낯익은 사람도 지나가고 낯선 사람도
지나갔지만, 특이한 사람은 없었습니다.

이윽고 그림자가 길게 생길 무렵, 창문 맞은편으로
한 할머니가 벽에 기대어 서 있는 모습이 눈에 들어왔습니다.
할머니는 사과를 파는지 사과 바구니를
옆에 끼고 있었습니다.

바구니에는 사과가 몇 개 남아 있지 않았습니다. 할머니는
어깨에 나무 조각을 잔뜩 담은 자루를 메고 있었습니다.

아마 땔감으로 쓰려고 어느 공사장에서 주워 가지고 집으로
가는 길인 듯했습니다. 그런데 자루가 무거운지,
할머니는 다른 쪽 어깨로 옮겨 메려고 사과 바구니를
잠시 길바닥에 내려놓았습니다.

그 때, 골목에서 별안간 낡은 모자를 쓴 사내아이가
나타나더니 바구니 속의 사과 한 개를 집어들고는 그대로

달아나려 하였습니다.

하지만 재빠른 할머니의 손에 붙잡히고 말았습니다.

"요놈이 어디로 도망치려고!"

"놓아 주세요, 캑캑캑!"

사내아이는 목덜미를 잡혀 숨도 제대로 못 쉬었습니다.

그러면서도 어떻게든 달아나려고 발버둥을 쳤습니다.

하지만 할머니의 손아귀에서 벗어날 수 없었습니다.

할머니가 소년의 모자를 벗긴 다음 머리칼을

콱 움켜잡았기 때문입니다.

"할머니, 아파요!"

"이 못된 녀석이 그래도!"

사내아이는 울부짖었고 할머니는 거리가 떠나가라

고래고래 소리를 질렀습니다.

마틴은 그 모습을 보자 구두 바늘을 통에 꽂을 틈도 없이

내던지고 밖으로 달려나갔습니다.

마틴은 바로 한길로 뛰쳐나갔습니다.

"가자, 이놈아. 남의 물건을 훔치는 놈은 감옥으로 가야 해."

할머니는 사내아이를 경찰서로 끌고 가려 하였습니다.

"나는 훔치지 않았어요. 그냥 만져 보고 도로

놓아 두려 했단 말이에요!"

"아니, 이 녀석 좀 봐라. 이제는 거짓말까지 하네."

할머니는 사내아이의 머리채를 잡고 마구 흔들었습니다.

사내아이는 몹시 아픈 듯 얼굴을 찡그렸습니다.

"잠깐만요, 할머니!"

마틴은 할머니 앞을 가로막았습니다.

"용서해 주세요, 할머니. 제발 주님의 은혜로 이 아이를

용서해 주십시오!"

"……."

할머니는 몹시 화가 나서 놓아 줄 생각이라곤 눈곱만큼도

없는 듯하였습니다.

"제발 놓아 주세요, 할머니. 이 아이도 이제 혼이 났으니

두 번 다시 이런 짓을 하지 않을 거예요. 제발 놓아 주세요."

마틴과 할머니의 눈이 마주쳤습니다.

마침내 할머니는 사내아이의 머리채를 놓아 주었습니다.

그러자 사내아이는 그대로 달아나려 하였습니다.

마틴이 얼른 사내아이의 손목을 잡았습니다.

"댁의 아이인가요?"

"아닙니다."

"그럼 왜 나서는 거예요?"

마틴은 대답 대신 사내아이를 내려다보며 말했습니다.

"자, 할머니에게 사과드려야지. 그리고 앞으로 두 번 다시
이런 짓을 해선 안 된다. 나는 네가 훔치는 걸
다 보고 있었단 말이야."

사내아이는 그제야 눈물을 흘리며 용서를 빌었습니다.

"잘못했어요. 너무 배가 고파서 그랬어요."

"그래, 그래. 이제 잘못을 알았으니 됐다. 내가 이 사과
한 개를 네게 주마."

마틴은 바구니에서 사과를 한 개 집어
사내아이에게 주었습니다.

"할머니, 사과 값은 제가 내겠어요."

"당신은 이 녀석을 응석받이로 만들고 있어요.
이렇게 나쁜 놈은 절대 잊을 수 없도록 호되게 매질을
해 줘야 한다구요."

"그렇지 않습니다, 할머니. 우리 인간의 생각으로는
그렇겠지만 하느님의 생각은 다르실 것입니다.
만약 사과 한 개 때문에 이 아이를 감옥에 보내야 한다면
우리는 그 얼마나 큰 벌을 받아야 하겠습니까?

정말로 감당할 수 없을 만큼 큰 벌을 받아야 할 것입니다."

마틴의 말에 할머니는 슬그머니 입을 다물었습니다.

"할머니, 주님께서는 은혜를 베풀며 살아야 한다고

가르치셨습니다. '왼뺨을 때리거든 오른쪽 뺨도 대주어라.

원수를 도리어 네 몸과 같이 사랑하여라'고까지

하지 않으셨습니까?"

할머니도 사내아이도 마틴의 이야기를

가만히 듣고 있었습니다.

"하느님은 누구든지 용서해 주라고 하셨습니다.

그렇지 않으면 우리도 용서받을 수 없지요.

생각이 모자라는 아이들은 더욱 용서해 주어야만 합니다."

마틴은 사내아이의 머리를 쓰다듬었습니다.

마침내 할머니도 사내아이를 내려다보며

고개를 끄덕였습니다.

그러고는 한숨을 푹 내쉬었습니다.

"하긴 그래요. 이 녀석들에게 무슨 죄가 있겠어요.

가난이 죄지."

"그렇습니다. 아이들이 죄짓지 않도록 우리 늙은이들이

잘 가르쳐야 합니다."

마틴이 사내아이의 손목을 흔들며
말했습니다.
"맞아요. 그래서 나도 이 녀석을 야단쳤던
것입니다. 사실 나에게도 요만한 손자가
있습니다. 모두 살기 어려워 지금은
멀리 떨어져 있지만……."

할머니는 먼 하늘을 물끄러미 바라보며 말을 이어 갔습니다.

"보시다시피 난 힘도 별로 없지만, 그래도 열심히 일하고

있어요. 어린 손자들이 가엾기 때문이지요.

한 푼이라도 더 벌어서 손자들에게 보내 주고 싶어요.

모두 착한 아이들인데 집이 가난해 제대로 입지 못하고

먹지도 못해 비쩍 말랐지요."

손자들 생각이 나자 할머니의 눈에 눈물이

그렁그렁 맺혔습니다.

그 모습을 본 사내아이도 미안한 듯 고개를 숙였습니다.

"앞으로는 함부로 남의 물건을 훔치지 마라."

"네, 알겠습니다."

"이제는 가야겠군."

할머니가 자루를 어깨에 메려 하자, 사내아이가 재빨리

거들며 말했습니다.

"할머니, 제가 메고 가겠어요. 할머니 집이 어디 있는지

알아요. 저도 그 쪽으로 가요."

"그래, 고맙구나."

할머니는 고개를 끄덕이며 자루를 사내아이의 어깨에 얹어

주었습니다. 두 사람은 나란히 걸어갔습니다.

할머니는 마틴에게 사과값을 받는 것도 잊어버리고
그냥 가 버렸습니다.
마틴은 그 자리에 서서 멀어져 가는 두 사람의 모습을
물끄러미 바라보았습니다.
할머니와 사내아이는 무슨 이야기인지 주고받으며 마치
친할머니와 손자처럼 정답게 걸어가고 있었습니다.

주님은 내 곁에

두 사람이 떠나고 나서 마틴은 집으로 돌아왔습니다.
다시 바늘을 들고 구두를 깁기 시작하였습니다.
한참 일을 하다 보니 날이 어두워져
제대로 보이지 않았습니다.
마틴은 하던 일을 그만두고 한 번 더 밖을 내다보았습니다.
가로등에 불을 붙이는 사람이 불을 켜며
지나가고 있었습니다.
'이제 나도 램프에 불을 켜야겠구나.'
마틴은 램프에 불을 붙였습니다.
그러고는 오늘 고친 장화를 빙 돌려 가며 살펴보았습니다.

별로 나무랄 데는 없었습니다.

마틴은 연장을 정리하고 가죽 조각을 쓸어 모았습니다.

정리가 끝나자 손을 씻고 보리죽 반 사발로 가볍게

식사를 하였습니다. 그런 다음 벽장에서 복음서를 꺼내 들고

램프 앞에 앉았습니다.

전날 읽던 부분에 가죽 조각이 끼워져 있었습니다.

그 부분을 펼치자 불현듯 어젯밤의 일이 떠올랐습니다.

'참 이상한 일이야. 이렇게 기쁠 수가!'

그 순간, 마틴은 누군가 자신을 둘러싸고 있다는 듯한

느낌를 받았습니다.

마틴은 천천히 고개를 돌렸습니다.

어두운 구석에 여러 사람이 서 있었습니다.

"아!"

사람이 서 있는 건 분명하지만, 그들이 누구인지는

알 수 없었습니다.

이윽고 사람들이 있는 쪽에서 마틴의 귓전에 속삭이는 듯한

목소리가 들려왔습니다.

"마틴, 마틴! 자네는 나를 모르겠는가?"

"누구십니까?"

마틴은 그 사람들 쪽으로 고개를 빼며 물었습니다.

"나야, 나라니까!"

어두운 구석에서 스체파누이치의 모습이 나타났습니다.

그러나 그는 빙긋 미소를 짓더니 이내 구름처럼

사라지고 말았습니다.

"저도 왔어요."

여자의 목소리가 들려왔습니다. 자세히 보니

낮에 자신이 돌봐 주었던 군인의 아내였습니다.

군인의 아내는 웃는 얼굴로 아기를 안고 있었습니다.

아기도 생글생글 웃고 있었습니다. 그러더니 이들

역시 금방 사라져 버렸습니다.

"우리도 왔어요."

사과장수 할머니와 사내아이가 손을 꼭 잡은 채

나타났습니다. 그들도 웃음 띤 얼굴로 나타났다가는

연기처럼 사라져 버렸습니다.

'참 이상한 일이네. 저들이 어째서 우리 집에

모습을 나타낸 걸까?'

마틴은 궁금했지만 왠지 기분이 좋아

입을 다물 수가 없었습니다.

마틴은 가슴에 십자를 긋고는 안경을 끼고 복음서를
읽기 시작하였습니다.
복음서에는 다음과 같이 씌어 있었습니다.

"너희는 내가 굶주렸을 때에 먹을 것을 주었고, 목말랐을 때에 마실 것을
주었으며, 나그네 되었을 때에 따뜻하게 맞이하였도다. 또 헐벗었을 때에
입을 것을 주었으며……."

그리고 끝부분에는 다음과 같이 적혀 있었습니다.
마틴은 이 구절을 크게 소리내어 읽었습니다.

"분명히 말한다. 너희가 여기 있는 형제 중에 가장 보잘것
없는 사람 하나에게 해 준 것이 바로 나에게 해 준 것이다."

순간, 마틴은 울렁거리는 가슴을 억누를 수 없었습니다.
'아, 낮에 만났던 그 불쌍한 이웃들이 바로
나의 주님이셨구나.'
마틴은 자신의 꿈대로 이 날 확실히 구세주가 나타나셨으며,
또 자신은 구세주를 올바르게 대접했음을 깨달았습니다.
마틴은 너무 기뻐서 도무지 잠을 이룰 수가 없었습니다.

세 아들의 일생

어떤 사람에게 아들이 셋 있었습니다. 이 사람은 우선
맏아들에게 재산을 나누어 주면서 말하였습니다.
"아비처럼 살아라. 그러면 행복한 삶이 될 것이다."
재산을 나누어 받은 맏아들은 아버지 곁을 떠나
혼자 생활하였습니다.
'아버지처럼 살라고 하셨지. 아버진 유쾌한 삶을 살아 오신
분이니까 나도 그렇게 살아야겠어.'
맏아들은 즐거운 일을 찾아 계속 돌아다녔습니다. 그러자
얼마 안 되어 물려받은 재산이 거덜나고 말았습니다.

빈털터리가 된 맏아들이 아버지를 찾아왔습니다.

"아버지, 돈을 다 쓰고 말았습니다.

한 번만 더 도와 주십시오."

그러나 아버지는 고개를 내저었습니다.

"너는 나처럼 살지 않았다."

아들은 아버지의 마음을 돌리기 위해 자기가 가장 아끼는

도자기를 선물로 들고 가서 다시 한 번 애원하였습니다.

"제발 한 번만 더 도와 주십시오."

그래도 아버지는 아들의 부탁을 들어 주지 않았습니다.

아들은 화가 나서 아버지에게 대들었습니다.

"제가 왜 아버지처럼 살지 않았다는 건지 말씀해 주십시오."

그러나 아버지는 들은 척도 하지 않았습니다.

마침내 아들은 큰 소리로 외쳤습니다.

"지금 와서 이렇게 저를 팽개치실 양이면 그 때 왜 재산을

나누어 주셨습니까? 그리고 그것으로 평생 행복하게 살 수

있을 거라고 하신 건 또 무슨 의미였습니까? 지금의

이 고통에 비하면 그 동안 제가 누린 기쁨과 즐거움은

아무것도 아닙니다. 저는 매우 힘듭니다. 저에게 이런 불행을

가져다 준 사람이 누굽니까? 바로 아버지가 아니십니까?

아버지는 제가 이렇게 될 줄 아시고 돈을 주셨지요.

그런데 왜 지금은 더 주지 않으시는 겁니까? 아버지는 저에게

거짓말을 하셨습니다. 이것은 모두 아버지 책임입니다."

그래도 아버지는 못 들은 척하였습니다.

맏아들은 그만 어디론가 멀리 떠나고 말았습니다.

아버지는 맏아들에게 준 만큼의 재산을 둘째 아들에게도

나누어 주었습니다. 그러면서 이번에도 역시

같은 말을 되풀이하였습니다.

"아비처럼 살아라. 그러면 행복할 것이다."

"……."

둘째는 재산을 나누어 받고도 크게 기뻐하지 않았습니다.

형에게 일어난 일을 자세히 알고 있었기 때문입니다.

둘째 아들은 절대로 형처럼 되지 않겠다고 다짐하였습니다.

"나는 형처럼 살지 않을 거야. 형은 '나처럼 살라'고 한

아버지의 말씀을 잘못 받아들였음이 분명해. 즐거움만을 좇아

살아서는 안 되는 거야. 나는 돈을 낭비하지 않고

반드시 많이 모을 거야."

둘째는 어떻게 하면 물려받은 재산을 더 늘릴 수 있을까

밤낮으로 고민하였습니다. 그러나 그것은 생각만큼 쉬운 일이
아니었습니다. 둘째 아들은 그 문제를 의논하기 위해
아버지를 찾아갔습니다.

"아버지, 어떻게 하면 재산을 더 많이 늘릴 수 있습니까?"

"……."

아버지는 아무 말도 해 주지 않았습니다.

'아버지는 왜 입을 다물고 계시는 것일까? 하지만 돈을
모아야 행복한 것은 분명해.'

이렇게 생각한 둘째는 아버지처럼 돈을 많이 모으기 위해
안간힘을 썼습니다. 그러나 돈은 좀처럼 늘지 않았습니다.

'나는 돈을 벌기 위해 애쓴다. 나의 재산은 하나부터 열까지
나 혼자 힘으로 모은 것이며, 아버지에게 단 한 푼도 물려받은
일이 없다는 말을 들어야 한다.'

둘째는 돈을 많이 벌기 위해 아등바등했지만, 투자를 잘못
하는 바람에 재산이 불어나기는커녕 물려받은 것조차
완전히 바닥나고 말았습니다.

'아, 나도 형처럼 빈털터리가 되고 말았구나.
나는 결코 실패하지 않으려고 했는데……. 아, 나도 멀리
떠나는 수밖에 없겠구나.'

절망에 빠진 둘째 아들도 어디론가 멀리 떠나고 말았습니다.

아버지는 셋째 아들에게도 두 형들에게 준 만큼의 재산을
나누어 주었습니다.
그리고 같은 말을 되풀이하였습니다.
"아비처럼 살아라. 그러면 행복할 것이다."
재산을 나누어 받은 셋째 아들은 두 형을 떠올렸습니다.
'어떻게 해야 할까? 형들처럼 되어서는 안 돼. 큰 형님은
흥청망청 돈을 다 날려 버렸고, 둘째 형님은 아등바등 더
모으려다 망했어. 그렇다면 그 중간 방법은 무엇일까?'
셋째 아들은 아버지의 삶을 하나하나 되짚어 보았습니다.
'아, 그렇구나. 아버지는 처음부터 맨손이셨다. 부지런히
일해서 우리들을 키우시고 집안을 일으키셨다. 돈이 아니라
자식들에게 기쁨을 주기 위해 부지런히 살아가는 것, 그것이
바로 아버지처럼 살아가는 길이다.'
셋째 아들은 무릎을 치며 기뻐하였습니다.
'그래, 그것은 남에게 좋은 일을 하면서 살라는 뜻이었어!'
생각이 여기에 이르자, 셋째 아들은 얼른
아버지에게 달려갔습니다.

"아버지, 아무리 돈이 많아도 아버지와 떨어져 있으면 행복하지 못합니다. 또 아무리 돈이 많아도 남에게 기쁨을 주지 못하면 소용 없습니다. 저는 아버지를 떠나지 않고 한집에 살면서 이웃에게 기쁨을 주고 싶습니다."

이 말을 들은 아버지는 크게 기뻐하였습니다.

"네 친구들에게 가서 '아버지처럼 살라' 는 말이 무슨 뜻인지 깨달았다고 알려 주고 오너라."

셋째 아들은 친구들을 찾아가 아버지에게 들은 말을 전하였습니다. 그러자 멀리서 맏아들과 둘째 아들도 이 소식을 전해 듣게 되었습니다.

두 아들은 집으로 달려왔습니다.

"아버지, 저희들이 잘못 생각했습니다. 앞으로는 아버지처럼 남에게 기쁨을 주기 위해 열심히 살아가겠습니다."

아버지는 세 아들을 바라보며 매우 만족해하였습니다.

"오냐. 이제야 비로소 우리 가족이 한집에서 행복하게 살게 되었구나. 그리고 어떻게 살아야 하는지도 알게 되었구나."

세 아들은 '이것이야말로 내가 너희에게 바라던 것이다. 내가 하는 대로 행하라. 그러면 너희도 나와 같이 될 수 있을 것이다' 라는 성경 구절을 떠올리며 조용히 미소지었습니다.

세 가지 중요한 질문

어느 나라에 생각이 매우 깊은 왕이 있었습니다.

어느 날, 왕은 문득 다음과 같은 생각을 하게 되었습니다.

'무슨 일을 할 때 가장 중요한 시기는 언제인가, 누구와

더불어 하는 것이 가장 좋은가, 그리고 무엇이 가장 중요한

일인가. 이 세 가지만 미리 알 수 있다면 어떤 일을 하든

절대로 실패하지 않을 것이야.'

그리하여 왕은 전국에 포고령을 내려 '무슨 일을 할 때 가장

적합한 시기는 언제이고, 가장 필요한 사람은 누구이며, 가장

중요한 일은 무엇인가'를 알려 주는 사람에게는 후한 상을

내리겠다고 하였습니다.

그러자 수많은 학자들이 몰려와 앞다투어

자신의 생각을 말하였습니다.

첫 번째 질문에 대해 어느 학자가 이렇게 말하였습니다.

"무슨 일을 할 때 가장 적절한 시기를 알기 위해서는 미리

날짜를 기록한 일정표를 만들어 놓고 하나하나씩 따져 나가야
합니다. 그렇게 하면 어떤 일이든지 시기를 놓치지 않고
제때 행할 수 있습니다."

그러자 두 번째 학자가 입을 열었습니다.

"어떤 일을 언제 할 것인가를 결정하기 위해 미리 이런저런
생각을 한다는 것은 시간 낭비입니다. 미리 생각을 한다고
해서 그대로 되는 경우는 거의 없습니다. 그보다는 지금
일어나고 있는 일에 정신을 집중시켜 최선을 다하면 됩니다.
내일 일은 미리 생각할 필요가 없습니다."

이번에는 세 번째 학자가 의견을 말하였습니다.

"그때 그때 닥치는 일에 대해 아무리 주의를 기울인다
하더라도 혼자서 판단하기란 어려운 일입니다. 그러므로 평소
현명한 사람들을 곁에 많이 두고 그들의 조언을 받아 천천히
결정해야 합니다. 모든 일은 서두르는 바람에
오히려 망치기 쉽습니다."

네 번째 학자가 앞으로 나섰습니다.

"이렇게 바쁜 세상에 모든 일을 일일이 옆사람에게 물어 보고
결정한다는 것은 시간 낭비입니다. 일일이 물어 보다가 벌써
그 일을 해야 할 때는 지나가 버리고 맙니다. 그러므로

점쟁이를 곁에 두고 얼른 물어 무슨 일이든지
빨리 결정해야 합니다.”

두 번째 질문에 대해서도 여러 가지 의견이 나왔습니다.
어떤 이는 왕에게 가장 필요한 사람은 정책을 잘 만들어 내는
정치가라고 하였고, 또 어떤 사람은 건강하지 않으면
아무 일도 할 수 없으므로 건강을 돌봐 줄 의사가
가장 중요한 사람이라고 하였습니다. 또 어떤 사람은
뭐니뭐니해도 왕에게 가장 필요한 사람은 나라를 지켜 주는
군인이라고 하였습니다.

세 번째 질문에 대해서도 의견이 쏟아졌습니다.
사람에게 올바른 길을 가르쳐 주는 학문이 가장 중요한
일이라고 주장하는 사람이 있는가 하면, 전쟁에서 이겨야
나라가 있을 수 있으니 전술이 가장 중요하다고 하는 이도
있었습니다. 또 어떤 사람은 사람의 정신이 모든 것을
결정하니 그것이 가장 중요하다고 하였습니다.

이처럼 사람들의 대답이 각각 달랐으므로 왕은 도무지 결론을

내릴 수가 없었습니다.

그래서 왕은 아무에게도 상을 내리지 않았습니다.

'안 되겠어. 내가 직접 훌륭한 사람을 찾아가 물어 봐야지.'

왕은 나라 안에서 가장 이름난 현자를 찾아가 보기로

마음먹었습니다.

그 현자는 깊은 산 속에 살면서 바깥세상으로는 전혀 나오지

않았습니다. 오직 농사일을 하며 책만 읽을 뿐이었습니다.

왕은 농부처럼 수수하게 차려입고, 호위하는 병사들도 마다한

채 말에서 내려 현자의 집까지 혼자 걸어갔습니다.

왕이 숲 가까이 이르렀을 때 현자는 마침 집 앞 밭에서 땀을

흘리며 일을 하고 있었습니다.

왕을 보고도 가벼운 인사만 보낼 뿐, 그는 밭일에만

몰두하였습니다. 나뭇가지처럼 여윈 몸으로 가래질을 하기가

몹시 힘이 드는 듯 가쁜 숨을 몰아쉬고 있었습니다.

왕이 다가가서 말을 걸었습니다.

"현명한 분이시여, 저는 세 가지 의문이 생겨서 당신에게

그 답을 듣고자 찾아왔습니다. 제가 알고 싶은 것은, 첫째

어떤 일을 행할 때 후회를 남기지 않으려면 어떤 시기를

택해야 하는가, 둘째 그 일을 하는 데 가장 필요한 사람은

누구인가, 셋째 이 세상에서 가장 힘을 기울여야 할 중요한
일은 무엇인가 하는 것들입니다."

"……."

현자는 왕의 이야기에 대해 이렇다 저렇다 말도 없이
손바닥에 탁 소리가 나게 침을 뱉으며 다시 가래질을
하기 시작했습니다.

"몹시 힘들어 보이는군요. 가래를 이리 주십시오.

제가 조금 도와 드리지요."

왕이 밭으로 성큼 들어섰습니다.

"고맙소."

현자는 왕에게 가래를 넘겨주고는 나무 그늘에 가서

바르게 앉았습니다.

왕은 밭을 두 이랑쯤 갈고 나서 일손을 멈추고 아까 했던

질문을 다시 했습니다.

그러나 현자는 그 물음에 대해서는 여전히 입을 다문 채

자리에서 일어나더니, 가래를 달라는 뜻으로

손을 내밀었습니다.

"이제 내가 할 테니 당신이 쉬시오."

그러나 왕은 가래를 돌려주지 않고 일을 계속하였습니다.

한 시간이 지나고 두 시간이 지나 어느덧 해가 서산 너머로

뉘엿뉘엿 지기 시작하였습니다.

왕은 가래를 땅에 꽂아 놓고 다시 물었습니다.

"현명한 분이시여, 저는 지혜를 얻고자 당신을 찾아왔습니다.

만약 당신이 제 질문에 답해 주실 수 없다면 그렇다고 말씀해

주십시오. 이제 그만 돌아가 봐야 할 것 같습니다."

그 때 현자가 입을 열었습니다.

"숲에서 누군가가 이 쪽으로 급히 달려오고 있는데…….
도대체 누구일까요?"

왕이 바라보니 정말 한 사나이가 배를 움켜쥔 채 이 쪽을 향해
헐레벌떡 달려오고 있었습니다.

사나이의 손 밑에는 붉은 피가 흥건했습니다.

사나이는 왕이 있는 곳까지 달려오더니 그만 땅바닥에 쓰러져
그대로 정신을 잃고 말았습니다.

그리고 입술 사이로 간간이 희미한 신음 소리를 내뱉을 뿐
죽은 듯이 움직이지 않았습니다.

왕은 현자와 함께 사나이의 옷을 풀어헤쳤습니다.

사나이의 배에는 큰 상처가 나 있었습니다.

왕은 조심스럽게 피를 닦아 내고 자신의 손수건과 현자의
손수건을 묶어 상처를 감싸 주었습니다.

그래도 피가 멈추지 않자 왕은 자신의 옷을 찢어 상처
윗부분을 힘껏 동여매었습니다.

간신히 피가 멎었을 때쯤 정신을 차린 사나이가
힘겹게 입을 뗐습니다.

"무, 물……."

"자, 천천히 드시오. 아직도 상처가 몹시 깊으니……."

왕은 맑은 물을 떠다가 사나이에게 먹여 주었습니다.

그러는 동안 해는 완전히 넘어가고 날씨가 선선해졌습니다.

왕은 사나이를 현자의 집으로 옮긴 다음 침상에 뉘었습니다.

사나이는 다시 잠이 들었습니다.

왕도 곧 깊이 잠이 들었습니다. 낮에 일을 많이 한 때문인지

왕은 중간에 한 번도 깨지 않고 달게 잤습니다.

짧은 여름밤이라 단잠을 잔 왕은 늦은 아침이 되어서야

겨우 눈을 떴습니다.

왕은 어리둥절한 기분으로 주위를 둘러보았습니다.

'내가 지금 어디에 누워서 잠이 든 거지?'

도대체 자신이 어디에 있는지, 그리고 상처를 움켜잡은 채

번뜩이는 눈으로 자신을 뚫어져라 쳐다보고 있는 저 기이한

털보 사나이는 누구인지 도무지 알 수가 없었습니다.

그 때였습니다. 미리 잠에서 깨어 왕을 기다리고 있던 털보

사나이는 무릎을 꿇고 힘없는 목소리로 말하였습니다.

"부디 저를 용서해 주십시오."

"나야 그대가 누구인지 모르니 그대를 용서하고 말고

할 것도 없지 않은가?"

그러자 그 털보 사나이는 고개를 떨구며 말했습니다.

"당신은 저를 모르지만 저는 당신을 잘 알고 있습니다. 당신은 저의 원수였습니다. 우리 형제들은 당신의 손에 죽음을 당하고 재산까지 모두 빼앗겼습니다. 그래서 저는 언제든 당신에게 복수를 하겠다고 호시탐탐 기회를 노려 왔습니다. 마침 오늘 당신이 혼자서 현자를 찾아 나섰다는 사실을 알고, 길목을 지키고 있었습니다. 당신이 돌아가기만을 기다리면서요. 그러나 하루 종일 기다려도 당신은 나타나지 않았습니다. 저는 당신이 어디에 있는지 알아보기 위해 숨어 있던 장소에서 나왔다가 당신의 호위병에게 발각되고 말았습니다. 호위병들은 저를 보자 사정없이 칼을 휘둘렀습니다. 그래서 이렇게 상처를 입고 이 곳으로 도망쳐 온 것입니다. 만일 당신께서 제 상처를 치료해 주지 않았더라면 저는 피를 흘리며 죽어 갈 수밖에 없었을 것입니다. 당신은 당신을 죽이려 했던 원수의 목숨을 구해 주신 것입니다. 그래서 저는 결심하였습니다. 오늘 이후 제 목숨이 붙어 있는 한 당신을 섬길 것이며, 제 자식들에게도 그렇게 하도록 시키겠습니다. 아무쪼록 저를 용서해 주십시오."

"고맙소. 용서를 구해야 할 사람은 오히려 이쪽입니다."

왕은 뜻하지 않게 원수와 화해하게 되어 몹시 기뻤습니다.

그리하여 왕은 기꺼이 그를 용서했을 뿐 아니라, 빼앗았던

재산도 모두 돌려주고 의사를 보내어 계속 상처를 치료해

주겠다고 약속하였습니다.

왕은 마지막으로 현자의 대답을 듣기 위해

마당으로 나왔습니다.

현자는 전날 갈아 놓은 밭에 씨앗을 뿌리고 있었습니다.

왕은 현자 옆으로 다가가 입을 열었습니다.

"현명한 분이시여, 부디 제 질문에 답해 주시기를

다시 한 번 간청합니다."

그러자 현자는 웃음 띤 얼굴로 말했습니다.

"그 대답은 이미 끝난 것 같소이다."

현자는 씨앗을 흙으로 덮으며 한마디 했습니다.

"대답이 끝나다니, 무슨 말씀이신지요?"

왕이 의아해서 되물었습니다.

그러자 한참 후에 현자가 입을 열었습니다.

"자, 들어 보시오. 어제 만약 당신이 내가 힘들어하는 것을

보고 가엾게 여겨 밭일을 도와 주지 않았더라면 당신은

그대로 돌아가다 저 사나이에게 목숨을 잃었을 것이오.

그랬다면 당신은 여기 머무르지 않은 것을 후회했겠지요.
그러므로 가장 적절한 시기는 당신이 나를 도와 가래질을
하고 있을 때였고, 그 때 당신에게 가장 중요한 사람은 바로
나였소. 그리고 가장 중요한 일이란 남에게 선행을 베푸는
것이지요. 저 사나이가 상처를 입고 달려온 일을 생각해 보면,
가장 적당한 시기는 당신이 그를 치료해 준 때라 할 수 있소.
만일 그러지 않았다면 그는 당신과 화해를 하기는커녕
언제고 다시 당신을 죽이려고 했을 것이오.
그러므로 그 순간 당신에게 가장 중요한 사람은
저 사나이였고, 가장 중요한 일이란 당신이 그에게 해 준 바로
그 일이지요. 그런즉 가장 적당한 시기란 오로지
'바로 지금 이 순간' 이고, 가장 필요한 사람은
'바로 지금 당신 앞에 있는 그 사람' 이 되는 것이오.
마지막으로 가장 중요한 일이란 '타인에게 선행을 베푸는
일' 입니다. 그것만이 오직 인간이 세상에 태어나
꼭 해야 하는 일입니다."
현자의 설명을 들은 왕은 고개를 크게 끄덕였습니다.
"고맙습니다. 고맙습니다."
왕은 여러 번 현자에게 고맙다는 인사를 했습니다.

뛰어난 재판관

어느 나라에 바워구스라는 왕이 살았습니다.

"저 산 밑 마을에 우리 나라에서 가장 뛰어난 재판관이 살고
있다고 하던데 사실이냐?"

"네. 그가 한번 판결을 내리면 아무도 다른 말을 하지
못한다고 합니다."

신하들이 한목소리로 대답하였습니다.

"그래, 그만큼 용하단 말이지? 어디 한번 만나 봐야겠다."

왕은 나라 안에서 가장 뛰어난 재판관이 어떤 사람인지 직접
만나 보고 싶어졌습니다.

바워구스 왕은 상인으로 변장을 하고 그 재판관이 살고

있다는 마을을 찾아갔습니다.

왕이 마을로 가는 도중에 누더기를 걸친

거지 한 사람이 다가왔습니다.

"한푼 주십시오."

왕은 그 거지가 불쌍하여 은화 한 닢을 주었습니다.

그런데도 거지는 왕의 옷자락을 붙잡고 매달렸습니다.

"돈을 주지 않았소? 그런데 왜 또 매달리는 것이오?"

"돈을 주신 것은 감사합니다. 그런데 한 가지 더 도와

주십시오. 저를 저 마을의 넓은 마당까지 좀 태워 주십시오.

여기 있다가는 지나가는 말과 낙타에게 차여 온전히 살아남을

수 없을 것 같습니다."

왕은 하는 수 없이 거지를 마차에 태웠습니다.

마차가 마을의 넓은 마당에 이르렀을 때였습니다.

"이제 다 왔소. 나는 다른 볼일이 있으니 예서 내리시오."

그러자 거지는 뜻밖의 말을 하였습니다.

"아니, 왜 나더러 내리라는 거요? 이 말과 마차는 내 것이오.

그러니 내리려면 당신이나 내리시오. 그렇지 않으면 당신을

재판관에게 데려가겠소."

"허허허!"

왕은 어처구니가 없다는 듯이 웃었습니다.

"아니, 왜 웃는 거요? 기분 나쁘게시리!"

"도움을 받았으면 고맙다고 할 것이지 남의 재산을 억지로 빼앗으려 하면 되겠소?"

두 사람은 옥신각신 다투게 되었습니다.

그러자 구경을 하던 사람들이 참견을 하였습니다.

"그러지 말고 재판관에게 가 보시오. 재판관이 시원하게 해결해 줄 것이오."

"좋소. 재판관에게 갑시다."

왕은 하는 수 없이 거지와 함께 재판관을 찾아갔습니다. 마당에는 많은 사람들이 기다리고 있었는데, 재판관은 먼저 온 사람부터 불러 냈습니다. 먼저 온 사람 중에는 학자와 농부가 있었습니다. 그들은 아내를 두고 재판을 벌이고 있었습니다. 한 여자를 두고 서로 자기 아내라고 우기는 것이었습니다. 두 사람의 주장을 듣고 난 다음 재판관은 잠시 생각하더니 이렇게 말하였습니다.

"두 사람은 여자를 여기에 두고 갔다가 내일 다시 오시오."

학자와 농부는 할 수 없이 여자를 두고 집으로 돌아갔습니다.

다음은 기름장수와 푸줏간 주인 차례였습니다.

기름장수의 옷에는 기름이 잔뜩 묻어 있었고, 푸줏간 주인의

옷에는 피가 잔뜩 묻어 있었습니다.

푸줏간 주인의 손에는 돈이 들려 있었는데, 기름장수가

그 손목을 꽉 잡고 있었습니다.

푸줏간 주인이 먼저 말을 꺼냈습니다.

"내가 기름을 사려고 돈을 꺼내는데 갑자기 기름장수가

내 지갑을 빼앗으려 했습니다. 자, 보세요. 나는 지갑을 쥐고

있는데 이 사람은 내 손목을 잡고 있지 않습니까?"

그러자 기름장수가 손사래를 쳤습니다.

"거짓말입니다. 저 사람이 우리 가게에 기름을 사러 왔습니다.

그래서 나는 기름을 병에 가득 채워 주었지요. 그랬더니

이번에는 돈을 바꿔 달라는 것입니다. 내가 돈지갑을 꺼내자

순식간에 낚아채더니 달아나려 하지 뭡니까? 그래서 내가

이렇게 손목을 꽉 움켜잡고 이리로 오게 된 것입니다."

두 사람의 말을 듣고 난 재판관이 말하였습니다.

"그 지갑을 여기 두고 집에 갔다가 내일 다시 오시오."

마침내 왕과 거지의 차례가 되었습니다.

먼저 왕이 재판관에게 자초지종을 말하였습니다.

149

그러자 거지가 펄쩍 뛰며 말했습니다.

"거짓말입니다. 이 사람은 거꾸로 이야기하고 있습니다.

내가 마차를 끌고 오는데 이 사람이 태워 달라고 했습니다.

그런데 다 와서는 내릴 생각을 하지 않고 도리어 자기

마차라고 우기니, 이런 경우가 어디 있습니까?"

재판관은 이번에도 잠시 생각하더니 이렇게 말하였습니다.

"말을 이 곳에 두고 내일 다시 오시오."

이튿날이 되었습니다. 재판 결과를 보기 위해 많은

사람들이 몰려들었습니다.

먼저 학자와 농부가 불려 나왔습니다.

재판관은 학자에게 말하였습니다.

"저 여자는 그대의 아내요. 데리고 가시오."

그리고 농부에게는 이렇게 말하였습니다.

"그대는 거짓말을 하였다. 매를 오십 대 맞아야 한다."

학자는 여자를 데리고 가고 농부는 매를 오십 대 맞았습니다.

다음에는 푸줏간 주인과 기름장수가 불려 나왔습니다.

재판관이 푸줏간 주인을 향해 말하였습니다.

"그 지갑은 당신 것이오. 가지고 가시오. 대신 기름장수에게는

매를 오십 대 때리도록 하라."

마침내 왕과 거지가 불려 나갔습니다.

재판관은 왕에게 먼저 물었습니다.

"당신은 여러 말 가운데서 당신의 말을 찾아 낼 수 있겠소?"

"물론입니다."

왕은 재판관을 따라 마구간으로 갔습니다.

마을에서 데려온 여러 마리 말 가운데 자신이 끌고 온

말이 있었습니다.

왕은 그 말을 단번에 찾아 냈습니다.

그런데 거지도 그 말을 쉽게 찾아 냈습니다.

그러자 재판관은 왕에게 이렇게 말하였습니다.

"저 말은 당신의 말이니 끌고 가도록 하시오. 그리고

저 사람에게는 매를 오십 대 때리도록 하라."

이렇게 하여 모든 재판이 끝났습니다.

왕은 너무 신기하여 재판관의 옷소매를 잡았습니다.

"왜, 나의 재판이 잘못되었소?"

"아닙니다. 아주 훌륭하였습니다. 그런데 어떻게 하여

학자의 아내이고, 푸줏간 주인의 지갑이며,

나의 말이라는 것을 아셨소?"

"그거야 간단합니다. 아침에 그 여자에게 잉크병에 잉크를

다시 채우게 하였소. 그랬더니 받침대부터 깨끗이 씻은 다음
아주 능숙하게 잉크를 잘 채웠소. 만약 농부의 아내였다면
아무리 손재주가 있다 하더라도 그만큼 능숙하지는 못했을
것이오. 그래서 학자의 아내라는 것을 알게 되었소. 그리고
지갑 속에서 동전을 꺼내어 물에 담가 보았소. 그랬더니
아무렇지도 않았소. 만약 기름장수의 지갑이라면 동전에
기름이 묻었을 테니 기름이 떠야 할 것이오. 그러니 푸줏간
주인의 것이 틀림없지 않소? 마지막으로 당신과 저 사람을

말한테 데리고 갔소. 여러 마리 말 가운데 자기 말을 찾아
내는 것을 보려고 그런 게 아니오. 그 말이 주인에게 어떻게
대하는가 그것을 보려 한 것이오. 당신이 다가가자 말은
반갑게 고개를 흔들었습니다. 그런데 저 사람이 다가가자
말은 고개를 쳐들며 물러나려고 했소. 그것을 보고 진짜
말 주인을 금방 가려 낼 수 있었답니다.”
재판관의 설명을 듣고 난 왕은 크게 기뻐하며 말하였습니다.
“나는 사실 상인이 아니고 이 나라의 왕이오. 그대가 뛰어난
재판관이라는 소문을 듣고 이렇게 찾아온 것이오. 그대에게
큰 상을 내리고 싶소. 받고 싶은 상을 말해 보시오.”
그러자 재판관은 겸손하게 대답하였습니다.
“폐하의 칭찬만큼 큰 상이 있겠습니까? 그 이상의 상은
바라지 않습니다.”
재판관은 왕에게 고개를 숙였습니다.
왕은 몹시 흡족한 표정으로 말하였습니다.
“고맙소. 당신은 현명할 뿐만 아니라
청렴하기까지 하구려. 나도 그대와 같이 이 나라를
바르게 잘 이끌어 나가도록 애쓰겠소.”
왕은 재판관의 손을 잡고 다짐하였습니다.

바닷물에 진주가 빠져도

어떤 사람이 배를 타고 가다 그만 값비싼 진주를 바다에

빠뜨리고 말았습니다.

"큰일났다. 그 진주는 우리 집 대대로 전해 내려오는 귀한

보물인데……."

그는 안타까운 마음으로 바닷물을 내려다보았습니다.

너무 깊어서 진주가 보이지 않았습니다.

"안 되겠군. 보이지도 않고, 또 너무 깊어서 들어갈 수도 없어.

그렇지만 꼭 찾아야 해."

그 사람은 얼른 배를 저어 뭍으로 나왔습니다.

그러고는 바가지를 구해 물을 퍼내기 시작하였습니다.

그 광경을 보고 지나가던 사람이 물었습니다.

"뭘 하고 있소?"

"보면 모르오? 물을 퍼내고 있지 않소."

"물을 퍼내어 무엇 하려고요?"

"진주를 찾으려고 그러오."

"뭐라고요? 하하하! 아무리 진주가 귀하기로서니

바닷물을 퍼낸단 말이오?"

"못할 것도 없지요. 내가 다 못 퍼내면 내 아들이 퍼낼 것이고,

내 아들이 다 못 퍼내면 내 손자가 퍼내면 되지 않겠소?"

"하하하! 어디 다 퍼낼 수 있는지 두고 봅시다."

사람들은 머리 위로 동그라미를 그리며 고개를

갸웃거렸습니다. 그래도 그는 아랑곳하지 않고 계속 물을

퍼내었습니다. 이 때, 바위 위에서 햇볕을 쬐고 있던

바다 요정들이 이 말을 듣고 깜짝 놀라 중얼거렸습니다.

'저 사람이 정말 바닷물을 다 퍼내면 어떻게 하지?

그럼 우리 집이 없어지는데…….'

요정들은 걱정이 되어 그 사람을 지켜보았습니다.

그 사람은 사흘 동안 쉬지 않고 물을 퍼냈습니다.

나흘째 되는 날, 사람의 모습으로 변한 바다 요정들의 대장이

그에게 물었습니다.

"곧 끝낼 거지요?"

그러나 그 사람은 고개를 내저었습니다.

"웬걸요. 바닥이 드러날 때까지 계속 할 겁니다."

"정말입니까?"

"정말이고말고요. 사람이 한번 결심하면 끝을 봐야지요."

'아이고, 정말 끝을 볼 모양이로구나.'

요정 대장은 슬그머니 바다로 들어가 진주를 가져왔습니다.

"참 대단한 사람이야. 정말로 물을 다 퍼내기 전에

진주를 돌려주어야지."

요정들의 대장은 잘 알아볼 수 없는 물결 모습으로 변한 다음

진주를 바가지 속에 슬그머니 넣었습니다.

"아, 진주를 찾았다!"

물바가지에서 진주가 나오자, 그 사람은 벌떡 일어나 만세를

부르며 외쳤습니다.

"그럼 그렇지. 사람이 하는 일인데 안 되는 것은 없어."

그 사람은 콧노래를 부르며 집으로 돌아갔습니다.

바다 요정들은 '휴우' 하며 가슴을 쓸어 내렸습니다.

재치 있는 농부

사냥을 나갔던 황제가 깊은 숲 속에서 길을 잃고 말았습니다.

황제는 이리저리 헤매다가 한 농부를 만났습니다.

농부는 땀을 흘리며 부지런히 나무를 베고 있었습니다.

황제가 농부에게 다가가 도와 달라는 표정을 지으며

말을 걸었습니다.

"농부여, 신의 은총이 있길 빕니다."

농부는 힘들어하며 대답하였습니다.

"네, 저에게는 정말 신의 은총이 필요합니다."

"왜 그렇습니까? 가족이 많습니까?"

"아들과 딸이 각각 둘이고 부모님도 계십니다."

"그럼 버는 돈을 모두 어디에 쓰고 있습니까?"

"모두 세 곳에 쓰고 있답니다. 첫째는 빚을 갚는 데 쓰고,

둘째는 이자를 놓는 데 쓰며, 마지막으로는

강물에 흘려보낸답니다."

황제는 농부의 말뜻을 이해할 수 없어 고개를

갸우뚱하였습니다.

그러자 농부가 다시 설명하였습니다.

"빚을 갚는다는 것은 부모를 돌본다는 뜻이고, 이자를

놓는다는 것은 아들을 키운다는 뜻입니다. 그리고 강물에

흘려보낸다는 것은 딸을 키운다는 뜻입니다."

황제는 그제서야 고개를 끄덕였습니다.

"당신은 매우 현명하시군요. 그렇다면 나를 이 숲 밖으로

데려다 주는 것도 그리 어렵지는 않겠군요. 숲이 너무

울창해서 길을 잃고 말았습니다."

그러자 농부가 이렇게 말하였습니다.

"그렇다면 길을 가르쳐 줄 테니 혼자 찾아가세요. 여기서 곧장

가다가 오른쪽으로 꺾어 한참 가다가 이번에는 왼쪽으로 꺾어

다시 오른쪽으로 나가다가 계곡을 만나거든 죽 따라가다가

오른쪽으로 나가면 됩니다."

황제가 머리를 흔들며 말하였습니다.

"아이고, 복잡해요. 그 설명만으로는 찾을 수 없을 것 같으니

당신이 직접 안내를 해 줄 수는 없겠소?"

"미안하지만 곤란합니다. 농부는 일을 해서 돈을 벌어야

하지요. 한시라도 일을 놓으면 허송세월이 되니까요."

"그렇다면 길 안내 대가로 돈을 드리겠소."

"좋소! 그렇다면 안내해 드리죠."

농부는 앞장서서 숲을 헤쳐 나갔습니다.

한참 후 황제가 농부에게 물었습니다.

"당신은 여기서 멀리 떠나 본 적이 있소?"

"물론 있지요."

"그럼 황제를 본 적은 있소?"

“없습니다. 그런 기회가 주어진다면 얼마나 좋겠습니까마는,
아직 한 번도 뵌 적이 없습니다.”

“그렇다면 이 숲에서 나가는 즉시 황제를 볼 수 있을 것이오.”

“하지만 진짜 황제 폐하라는 것을 제가 어떻게
알아볼 수 있겠습니까?”

“황제만이 유일하게 모자를 쓰고 있으니까 쉽게
알아볼 수 있을 것이오.”

이윽고 그들은 숲을 빠져 나와 들판에 이르렀습니다.

사람들은 황제를 보자 모두 모자를 벗고 허리를 굽혔습니다.

농부는 눈을 크게 뜨고 사방을 두리번거렸지만 황제의 모습은
보이지 않았습니다.

“황제 폐하는 어디 계시지요?”

그러자 황제가 빙그레 웃으며 말하였습니다.

“자세히 보시오. 모자를 쓰고 있는 사람은 우리 둘뿐이지
않소? 그렇다면 우리 둘 중에 어느 한 사람이
황제가 아니겠소?”

“그렇군요. 영광입니다.”

“천만에요. 우리 나라에 그대같이 부지런하고 현명한 백성이
있다는 것이 자랑스럽소.”

두 친구

어느 마을에 호로쇼프와 이아네스키라는 두 친구가
살고 있었습니다.

둘은 어려서부터 함께 자란 소꿉친구여서 무척 사이가
좋았습니다. 그들은 비슷한 나이에 결혼하여 아들도 똑같이
세 명씩 낳았습니다.

아버지들의 우정을 본받은 듯 양쪽 집안의 아이들도
형제처럼 사이좋게 지냈습니다.

"저 두 집은 정말 사이가 좋아."

"그러게 말이오. 아마 이 근처 어느 마을에도 저 두 집만한

사이는 없을 거요."

사람들은 두 집안의 우정을 부러워하였습니다.

그러던 어느 날, 호로쇼프가 갑자기 큰 병을 얻어 자리에 눕고

말았습니다. 가족들은 당황하여 안절부절못하였습니다.

"아니, 갑자기 이게 어찌 된 일인가?"

친구인 이아네스키도 걱정이 되어 하루에도 몇 번씩

문병을 왔습니다. 그러나 호로쇼프의 건강은 날이 갈수록

나빠져만 갔습니다.

'안 되겠어, 아무래도 나는 죽을 것만 같구나.'

마침내 죽을 고비가 닥쳐오자 호로쇼프는 이아네스키를

불렀습니다. 호로쇼프는 이아네스키의 손을 잡고 눈물을

흘리며 말하였습니다.

"여보게, 아무래도 나는 오래 살지 못할 것 같네."

"아니, 그 무슨 약한 소리를 하는가? 툭툭 털고 일어나야지."

"아닐세. 아무래도 틀렸어. 저 철부지 아이들을 두고 떠나려니

차마 눈을 감을 수가 없네. 그러니 부디 남은 가족들을

자네 가족처럼 돌보아 주게. 모아 둔 땅과 돈이 조금 있으니

먹고사는 일은 걱정하지 않아도 될 걸세. 자네만 믿겠네."

"아무 염려 말게. 우리의 우정을 걸고 약속하겠네."

이아네스키의 대답을 들은 호로쇼프는 안심한 듯

조용히 눈을 감았습니다.

호로쇼프가 세상을 떠나자, 이아네스키는 친구의 가족들을

자기 가족처럼 돌봐 주었습니다. 그러나 세월이 흐르면서

이아네스키의 마음은 조금씩 변해 갔습니다.

호로쇼프의 재산이 탐나기 시작한 것이지요.

'어떻게 하면 사람들의 의심을 사지 않고 호로쇼프의

유산을 모두 차지할 수 있을까?'

그는 골똘히 생각한 끝에 무릎을 탁 쳤습니다.

'아, 그렇구나!'

어느 날 아침, 이아네스키는 호로쇼프의 집을 찾아갔습니다.

마침 호로쇼프의 아내와 아이들이 있었습니다.

"어서 오세요."

"어서 오십시오, 아저씨."

호로쇼프의 아내와 아이들은 이아네스키를 반갑게

맞아 주었습니다.

그들에게는 이아네스키가 누구보다 반가운 손님이었습니다.

이아네스키는 호로쇼프의 아내에게 조심스럽게

말을 꺼냈습니다.

"그 동안 제가 여러 모로 생각한 끝에 드리는 말씀입니다만,
아주머니와 아이들이 우리 집에 와서 함께 사는 게 어떨까
합니다. 이렇게 떨어져 살다 보니 아무래도 제가 신경을 써
드릴 수 없어서 드리는 말씀입니다. 우리 집에서 함께 산다면
그야말로 한가족처럼 지내면서, 친구가 부탁한 대로
아이들에게 아버지 노릇도 할 수 있을 것 같군요."
"네, 듣던 중 반가운 말씀입니다. 그렇게 하겠습니다."
슬픔에 잠겨 있던 호로쇼프의 아내와 아이들은 이아네스키의
따뜻한 마음에 감격하여 흔쾌히 승낙을 했습니다.
"자, 쇠뿔도 단김에 빼라고 하였으니 지금 당장
우리 집으로 갑시다."
호로쇼프의 가족은 그 날로 당장 이아네스키의 집으로
옮겨 갔습니다. 그러자 호로쇼프의 아내는 자기가 가지고
있던 돈을 모두 이아네스키에게 맡겼습니다.
"몇 푼 되진 않지만 먹을 것이나 입을 것을 사는 데
보태시기 바랍니다."
"원, 이제는 한가족인데 이런 걸 다 주시다니……."
이아네스키는 일부러 망설이는 척하다가
돈을 받아 넣었습니다.

'으음, 제대로 되어 가는군.'

모든 일이 계획대로 이루어지자 이아네스키는 기분이

좋아졌습니다. 그는 서둘러 호로쇼프의 집을 팔아

버리고 그 돈마저 모두 챙겼습니다.

그뿐 아니라, 이아네스키는 호로쇼프가 남긴 땅도

관리하기 시작했습니다.

두 가족이 합쳤으므로 호로쇼프의 땅에서 나온 곡식도

자연히 이아네스키의 창고로 들어갔습니다.

결국 이아네스키는 친구인 호로쇼프가 남긴 재산을

몽땅 가로채고 만 것입니다.

'친구 가족을 먹여 살리려면 어쩔 수 없어.'

이아네스키는 호로쇼프 얼굴이 떠오를 때마다 이렇게

중얼거리곤 했습니다.

'그런데 참 이상한 일이야. 재산을 다 빼앗았는데도

왜 더 빼앗고 싶을까?'

이아네스키는 고개를 갸웃거렸습니다.

'옳지, 이 사람들을 그냥 먹여 주고 재워 줄 게 아니라 일을

시켜야겠군. 하인들을 모두 내보내고 대신 부려먹어야지.

호로쇼프의 아내에겐 하녀 일을 시키면 될 테고……'

이렇게 생각한 이아네스키는 어느 날 일꾼들을

불러 놓고 말했습니다.

"식구가 늘어서 생활비와 양식을 절약하지 않을 수 없네.

그러니 모두 돌아가 주기 바라네. 더 이상

여러분에게 일을 맡길 수가 없을 것 같네."

"그러시겠지요."

일꾼들은 당황하였으나 이내 고개를 끄덕이며 불평 없이

주인의 집을 떠났습니다.

"친구의 식구들까지 먹여 살리려 하다니, 정말 훌륭해."

"그러게 말이오. 죽은 친구와의 우정을 위해

그의 가족들을 돌보다니……."

아무것도 모르는 이웃 사람들은 도리어 이아네스키를

훌륭하다고 칭찬하였습니다.

소문은 점점 더 널리 퍼져 나갔습니다.

"참으로 본받을 데가 많은 사람입니다. 넷이나 되는 친구의

가족을 돌봐 주는 것이 어디 쉬운 일입니까?"

"두 사람의 우정이 남다르기는 하지만, 가족을 모두 떠맡는

것은 형제간에도 어려운 일이지요."

사람들은 입을 모아 이아네스키를 칭찬하였습니다.

얼마 후, 농사철이 되었습니다.

이아네스키는 호로쇼프의 아들 셋을 불러 놓고 말하였습니다.

"이제 농사철이 되었으니 너희들도 밭에 나가서 일을

해야겠다. 사람이란 놀고 먹어서는 안 되는 법이잖니?"

"네, 그래야지요."

호로쇼프의 아들들은 그 말을 당연하게 받아들였습니다.

"자, 모두들 나가서 일을 하자."

누구보다 호로쇼프의 아내가 앞장서서 열심히

집안일을 하였습니다.

"아니, 그런데……."

호로쇼프의 가족들은 열심히 일을 하는데, 이아네스키의

가족들은 빈둥거리며 놀기만 하였습니다.

"자, 여기 마구간도 좀 치워야겠는걸."

이아네스키 가족들은 형제처럼 지내 오던 호로쇼프의

가족들을 점차 하인 부리듯 하기 시작했습니다.

그러나 호로쇼프의 가족들은 조금도 싫은 내색을 하지 않고

묵묵히 일만 하였습니다.

이아네스키의 재산은 점점 눈덩이처럼 불어났습니다.

호로쇼프의 재산을 가로챈데다, 하인 대신 친구의 아내와

아이들이 열심히 일해 주었으므로 돈 쓸 일이 줄어들었기

때문입니다. 그런데다 곡식도 해마다 더 많이

거두어들였던 것입니다.

"잘만 하면 내가 이 마을에서 제일 가는 부자가 되겠는걸!"

재산이 불어나자 이아네스키는 점점 욕심이 생겨서

호로쇼프의 가족들을 더욱 혹독하게 부려먹었습니다.

밭에서 일을 끝내고 돌아온 호로쇼프의 아들들에게 다시
말먹이를 주게 하는 등 잠시도 쉬지 못하게 다른 일을
맡겼습니다. 그리하여 호로쇼프의 가족들은 언제나 깜깜한
밤중이 되어서야 겨우 일을 마쳤습니다.
마구간 위의 하늘에는 별빛이 총총하였습니다.
"피곤하지?"
호로쇼프의 큰아들이 동생의 어깨를 감싸며 물었습니다.

"응. 아버지가 보고 싶어."

"그래, 아버지도 지금 저 하늘에서 우리들을 내려다보고
계실 거야. 우리가 슬퍼하면 아버지도 가슴이
아프실 테니까 기운을 내자."

형은 동생을 다독거리며 방으로 향하였습니다.

호로쇼프의 아내 역시 갈수록 일이 늘어났습니다.

"원, 밥 먹고 돌아서기가 바쁘구나. 빨래, 마당 청소,
땔감 준비……."

이아네스키의 아내는 식구들의 식사 준비와 빨래는 물론
집안 청소와 바느질 등 많은 일거리를 전부 호로쇼프의
아내에게 맡겼습니다.

"아이고, 눈도 아프고 허리도 쑤시네."

많은 일을 혼자 하다 보니 호로쇼프의 아내는
온몸이 아파 왔습니다.

하루일이 끝나기가 바쁘게 또 내일이 다가왔습니다.

힘겨운 일들이 매일매일 쌓였습니다.

그럴 때마다 호로쇼프의 아내는 소리 없이
눈물을 삼켰습니다.

"아, 뭔가 잘못되어 가고 있구나."

힘든 날이 계속되자, 착한 호로쇼프의 가족들도
차츰 고개를 흔들게 되었습니다.
"어휴!"
"아이고, 힘들어!"
어쩌다가 호로쇼프의 아들들이 중얼거리기라도 하면
이아네스키는 당장 불같이 화를 내며 닦달하였습니다.
"이런 배은망덕한 녀석들! 우리 집에 데려다가 먹여 주고
재워 주면서 지금까지 돌봐 준 은혜도 모르고 불평을 해?
이 집에서 쫓겨나고 싶어?"
이아네스키의 호통에 호로쇼프의 아들들은 아무 소리도
못 하고 계속 일을 할 수밖에 없었습니다.
그러던 어느 날이었습니다. 호로쇼프의 아들들은 여느 때와
다름없이 새벽부터 들로 나갔습니다.
구슬땀을 흘리며 밭일을 하다 보니 어느 새
점심때가 가까워졌습니다.
"형, 배가 고파서 일을 못 하겠어. 점심 먹고 할까?"
막내동생이 지친 얼굴로 형을 졸라 댔습니다.
"벌써 점심을 먹으면 어떻게 해. 날이 저물려면 아직
멀었는데, 조금만 더 하고 나서 먹자."

형은 동생을 달래며 일을 계속하였습니다.

호로쇼프의 아들들은 점심때가 훨씬 지나서야 겨우
풀밭에 앉았습니다.

그들은 싸 가지고 온 빵을 게눈 감추듯 먹어치웠습니다.

빵을 먹고 나니 곧 졸음이 쏟아졌습니다.

호로쇼프 아들 형제는 자기도 모르게 풀밭에 쓰러져
잠이 들고 말았습니다.

공교롭게도 그 때 밭으로 나왔던 이아네스키가 그 모습을
보고 펄펄 뛰었습니다.

"야, 이 녀석들아! 일은 하지 않고 낮잠을 자다니…….

이렇게 빈둥거리면서 밥을 얻어먹겠다는 속셈이냐?"

이아네스키는 미친 듯이 소리를 지르며 마구
채찍을 휘둘러 댔습니다.

호로쇼프의 아들들은 짐승처럼 얻어맞으며 부랴부랴
밭으로 뛰어들어갔습니다. 그리고 허리도 제대로
펴지 못한 채 낫질을 해야 했습니다.

그 날 밤이었습니다.

이아네스키에게 이상한 일이 생겼습니다.

"으으으!"

잠자리에 든 이아네스키는 온몸에 식은땀을 흘리며
신음 소리를 내었습니다.
'아아, 이게 어찌 된 일이지?'
그는 꿈인지 생시인지 알 수 없는 몽롱한 상태에서 이상한
모습을 보게 되었습니다.
그것은 자기 아들들이 호로쇼프의 세 아들에게 차례로
혼이 나는 모습이었습니다.
'거참 이상하다.'
이아네스키는 고개를 갸웃거렸습니다.
가장 먼저 자기 큰아들이 호로쇼프의 큰아들 앞에 꿇어앉아
빌고 있는 모습이 보였습니다.
'아니, 호로쇼프의 아들은 장교 계급장을 달고 있는데
우리 아들은 졸병 계급장을 달고 있잖아?'
"용서해 주십시오. 대장님, 제가 잘못했습니다. 다시는
게으름을 피우지 않겠습니다."
이아네스키의 큰아들은 권총을 빼어 든 채 노려보는
호로쇼프의 아들에게, 자기 행동을 용서해 달라고
싹싹 빌고 있었습니다.
"안 돼. 네놈 때문에 우리의 수많은 군사들이 목숨을 잃었어."

그러나 잔뜩 화가 난 호로쇼프의 아들은 구둣발로 큰아들의
가슴을 걷어차더니 권총의 방아쇠를 당기는 것이었습니다.

"타앙!"

"으악!"

이아네스키는 그 순간 자기도 모르게 비명을 내질렀습니다.

이마에 땀이 주르르 흘러내렸습니다.

그런데 주위를 둘러보니 어느 새 다른 장면으로
바뀌어 있었습니다.

자세히 보니 그 곳은 도박판이었습니다.

'아니, 둘째가 수갑을 차다니!'

경찰관 제복을 입은 호로쇼프의 둘째 아들이 바로 자기의
둘째 아들에게 수갑을 채우고 있었습니다.

'어떻게 하면 좋지?'

이아네스키는 기가 막혀서 가슴을 탕탕 내리쳤습니다.

이아네스키는 어떻게 해서든 아들을 구해 보려고 호로쇼프의
아들을 따라가며 애원하기 시작하였습니다.

"애야, 용서해 주렴. 형제처럼 지내던 옛정을 생각해서라도
친구를 도와 다오. 제발 한 번만 용서해 다오."

"안 됩니다. 죄를 지었으면 벌을 받아야 합니다."

호로쇼프의 아들은 냉랭한 표정으로 둘째 아들을 끌고 가
버렸습니다. 이아네스키의 가슴은 터질 것만 같았습니다.

이번에는 막내아들을 찾아보았습니다.

그런데 막내아들은 호로쇼프의 막내아들에게 한참
매를 맞고 있었습니다.

호로쇼프의 막내아들은 어느 새 큰 부자가 되어 있었고,
자기 막내아들은 그 집 하인이 되어 있었습니다.

"게으름을 피우는 녀석은 혼이 나야지."

호로쇼프의 막내아들은 으름장을 놓으며 채찍을 마구
휘둘러 댔습니다.

채찍이 떨어질 때마다 이아네스키의 막내아들 등에는 선명한
자국이 생기면서 피가 흘러내렸습니다.

"아아!"

이아네스키는 끔찍한 광경에 머리카락을 쥐어뜯으며
신음을 내뱉었습니다.

그 순간 눈이 번쩍 떠졌습니다.

사방은 어두웠고, 자신은 침대 위에 누워 있었습니다.

"휴우, 꿈이었구나."

이아네스키의 온몸은 땀으로 흠뻑 젖어 있었습니다.

'아, 어찌 이렇게 끔찍한 일이 생생하게 떠오를까?'

그는 너무나 끔찍한 꿈 속의 광경을 떠올리며 벌떡 일어나

한동안 멍하니 앉아 있었습니다.

'아, 내가 잘못했구나. 사람은 입장이 바뀔 수 있어.'

이아네스키는 마침내 지난날의 잘못을 뉘우치는 뜨거운

눈물을 흘렸습니다.

'나를 믿었던 친구를 배반하다니. 친구의 재산을 전부

가로채고 그의 가족을 하인처럼 취급했으니, 내가 나빴어!

그래, 이건 하느님이 나에게 주시는 경고야.'

날이 밝자 이아네스키는 곧 호로쇼프의 가족들을 불러

그 동안의 잘못을 사과하였습니다.

"그 동안 내가 너무 심하게 대했던 것을 용서해 다오.

내가 잘못했다. 어느덧 너희들도 자립해서 살아갈 만큼

다 자랐구나. 이제 내가 관리하고 있던 재산을 돌려줄 테니

어머니를 모시고 행복하게 살도록 해라."

이아네스키는 호로쇼프의 가족들에게 새 집을 마련해 주고,

그들에게서 빼앗은 재산을 모두 돌려주었습니다.

"고맙습니다."

호로쇼프의 아들들은 의아하게 생각하면서도

인사를 하고 돌아섰습니다.

이아네스키는 다시 예전의 착한 농부가 되었고,

두 가족은 형제처럼 친한 사이로 되돌아갔습니다.

오랜 세월이 흐른 뒤, 이아네스키도 늙어

죽을 날을 맞게 되었습니다.

이아네스키의 꿈 속에 천사가 나타났습니다.

천사는 웃으며 이렇게 말하였습니다.

"이아네스키, 너는 착한 일을 했으니 하느님께서

상을 내리실 것이다."

"아닙니다. 저는 다만 제 잘못을 깨달았을 뿐입니다.

지난날 제가 저지른 잘못을 용서해 주신다면 편안히

눈을 감을 수 있겠습니다."

"그래, 잘 생각하였다. 반성하는 사람이 참다운 사람이다.

후회는 아무리 빨라도 이미 늦은 것이지만 반성은 아무리

늦어도 빠른 것이다."

이아네스키는 꿈에서 깨지 않은 채 천사의 손을 잡고

하늘 나라로 떠났습니다.

이아네스키의 머리 위로 눈부신 황금빛이 가득

쏟아져 내리고 있었습니다. ✿

● 이해 능력 Level Up!

「사람은 무엇으로 사는가」를 읽고 답해 봅시다.

1. 다음은 세몬이 구두 수선비를 받으러 갔다가 나눈 대화입니다. 밑줄
   친 부분을 읽고 세몬이 이렇게 말한 이유를 골라 보세요.

“아이고, 미안하오. 추수를 제대로 못 해 지금은
돈이 없소. 20코페이카만 먼저 받으시오.”
“아, 알겠습니다.”
세몬은 언짢았지만, 20코페이카만 받아들고
그 집을 나왔습니다.
“쳇! ‘뒷간 갈 때와 나올 때의 마음이 다르다.’
는 옛말이 하나도 틀리지 않는군. 고얀 사람들
같으니라고……. 애써 구두를 고쳐 주었는데
이게 무슨 꼴이람. 겨울이 오기 전에 분명히
돈을 주겠다고 하고선 시치미를 떼다니. 그러나저러나 이제 어쩐다?
털외투를 외상으로 달라고 해 볼까?”

1) 일을 잘 한다고 칭찬을 들어서
2) 털외투를 못 사게 되어서
3) 미하일을 만나게 되어서
4) 찬바람이 불어와서
5) 품삯을 기한 내에 못 받아서

2. 세몬이 털외투 가게에서 그냥 나온 이유를 골라 보세요.

    1) 이미 무명 외투를 입고 있어서

    2) 털외투 살 돈이 부족해서

    3) 얇고 보잘것없는 외투만 있어서

    4) 여자용 외투만 있어서

    5) 가게 주인과 다투어서

3. 다음은 세몬이 미하일을 데리고 왔을 때 마트료나가 한 말입니다.
   글을 읽고 세몬의 아내 마트료나의 성격이 어떤지 골라 보세요.

마트료나가 다시 고함을 지르기
시작하였습니다.
"저녁은 무슨 저녁이에요. 먹을 게 있다
해도 당신 같은 사람에게 줄 건 없어요.
사람이 염치가 있어야! 외투 살 돈으로
술을 마셔 버리고, 그것도 모자라 벌거숭이
건달까지 데려온단 말이에요? 주정뱅이에게
줄 빵은 없어요."
마트료나는 분이 풀리지 않는다는 듯 계속
씩씩거렸습니다.

    1) 느긋한 성격이다.

    2) 급한 성격이다.

    3) 다른 사람을 배려하는 성격이다.

    4) 욕심이 많다.

    5) 자기 생각을 당당하게 말하는 성격이다.

4. 다음은 거만한 신사 손님이 왔을 때 미하일이 한 행동입니다. 왜 이런 행동을 했는지 맞는 답을 골라 보세요.

> "저 친구는 누군가?"
> "저희 집 직공입니다. 손님의 구두를 만들 사람이지요."
> 그러자 신사가 으름장을 놓았습니다.
> "그럼, 자네도 잘 알아 두게. 오래 신어도 끄떡없도록
> 만들어야 한단 말이야."
> "……."
> 미하일은 대답 대신 신사의 머리 위쪽을 뚫어지게 바라보고 있었습니다. 마치 누군가와 눈인사를 나누는 듯하였습니다. 그러더니 문득 얼굴이 밝아지며 빙그레 웃었습니다.

1) 신사 뒤에 서 있는 자기 친구 천사를 보게 되어서

2) 품삯을 아주 많이 준다고 하니까

3) 신사의 외모가 우스꽝스러워서

4) 주인 아주머니가 먹을 것을 가져와서

5) 뭐든지 할 수 있다는 자신감에 가득 차 있어서

5. 쌍둥이 소녀를 데리고 나타난 아주머니를 보고 미하일이 큰 관심을 보인 까닭은 무엇인가요?

1) 남의 딸을 친딸처럼 대하는 이유가 궁금해서

2) 세 번째 질문에 대한 답을 얻을 수 있을 것 같아서

3) 한쪽 발만 재어 구두를 네 짝 만들어 달라고 하니까

4) 다리를 저는데도 잘 달리니까

5) 불쌍한 군인의 아내가 떠올라서

「사랑이 있는 곳에 신이 계신다」를 읽고 답해 봅시다.

6. 다음은 마틴에 대한 설명입니다. 이 글로 미루어보아 알 수 있는 마틴의 성격으로 알맞지 않은 것을 골라 보세요.

> 마틴에게는 일거리가 매우 많았습니다. 일을 꼼꼼하게 하고 재료도 좋은 걸 사용하였기 때문입니다. 그리고 무엇보다도 정해진 날짜를 잘 지켰습니다. 기한 내에 끝낼 수 있으면 일을 맡았고, 그렇지 못할 경우에는 맡을 수 없는 이유를 분명하게 말하고 사양했습니다.

    1) 무척 책임감이 강하다.
    2) 솔직한 성격이다.
    3) 너무 겁이 많다.
    4) 성실하다.
    5) 시간 약속을 잘 지킨다.

7. 마틴이 이상한 꿈을 꾸고 창 밖을 자꾸만 내다본 까닭은 무엇인가요?

    1) 주님이 지나간다고 하였으므로
    2) 자기가 고친 구두 주인을 알아보려고
    3) 신사 손님의 고급 가죽을 보려고
    4) 사내아이가 어디에 사는지 알아보려고
    5) 복음서를 새로 사려고

8. 다음은 사내아이가 자기를 혼내 주려던 사과 장수 할머니와 나눈

대화입니다. 밑줄 친 부분을 읽고 사내아이가 왜 이런 행동을 했는지 골라 보세요.

"앞으로는 함부로 남의 물건을 훔치지 마라."
"네, 알겠습니다."
"이제는 가야겠군."
할머니가 자루를 어깨에 메려 하자,
사내아이가 재빨리 거들며 말했습니다.
"할머니, 제가 메고 가겠어요. 할머니 집이 어디 있는지 알아요. 저도 그 쪽으로 가요."

1) 용서를 받았으므로

2) 사과를 더 얻어먹으려고

3) 알고 보니 자기의 친할머니였으므로

4) 자기 집과 같은 방향이었으므로

5) 마틴이 야단을 쳤으므로

「세 아들의 일생」을 읽고 답해 봅시다.

9. 맏아들은 어떻게 사는 것이 아버지처럼 사는 것이라고 생각했나요?

   1) 명예를 얻는 것

   2) 열심히 일하는 것

   3) 돈을 많이 모으는 것

   4) 남에게 많이 나누어 주는 것

5) 돈이 들더라도 즐겁게 사는 것

10. 셋째 아들은 왜 떠나지 않고 부모님과 함께 살았나요?

    1) 가족에게 기쁨을 주려고
    2) 두 형들이 어리석게 보여서
    3) 마땅한 직장이 없었으므로
    4) 재산을 축내지 않기 위해서
    5) 재산을 더 늘리기 위해서

「세 가지 중요한 질문」을 읽고 답해 봅시다.

11. 다음은 세 가지 중요한 질문에 대한 현자의 대답입니다. 글을 읽고 ( ) 안에 들어갈 알맞는 말을 골라 보세요.

그런즉 가장 적당한 시기란 오로지 '바로 지금 이 순간'이고, 가장 필요한 사람은 (바로 지금 당신 앞에 있는 그 사람)이 되는 것이오. 마지막으로 가장 중요한 일이란 '타인에게 선행을 베푸는 일' 입니다. 그것만이 오직 인간이 세상에 태어나 꼭 해야 하는 일입니다."

    1) 이득을 주는 사람
    2) 무슨 부탁이든 들어 주는 사람
    3) 바로 지금 당신 앞에 있는 그 사람

4) 재산을 불려 줄 수 있는 사람

5) 좋은 말만 하는 사람

「뛰어난 재판관」을 읽고 답해 봅시다.

12. 훌륭한 사람이 되려면, 어떤 일을 해서는 안 될까요?

1) 억지를 부리는 일

2) 침착하게 깊이 생각하는 일

3) 남의 입장을 생각해 주는 일

4) 꿈을 크게 가지는 일

5) 마음씨를 너그럽게 가지는 일

「바닷물에 진주가 빠져도」를 읽고 답해 봅시다.

13. 다음 글을 읽고 가장 잘 어울리는 속담이나 격언을 찾아보세요.

> "물을 퍼내어 무엇 하려고요?"
> "진주를 찾으려고 그러오."
> "뭐라고요? 하하하! 아무리 진주가 귀하기로서니 바닷물을 퍼낸단 말이오?"
> "못할 것도 없지요. 내가 다 못 퍼내면 내 아들이 퍼낼 것이고, 내 아들이 다 못 퍼내면 내 손자가 퍼내면 되지 않겠소?"

1) 지성이면 감천이다.

2) 천릿길도 한 걸음부터

3) 소금 먹은 놈이 물 찾는다.

4) 뛰는 놈 위에 나는 놈 있다.

5) 공든 탑이 무너지랴.

● 논리 능력 Level Up!

1. 「사람은 무엇으로 사는가」에서 세몬이 수선비를 받으러 갔다가 '바람아, 불 테면 불어라. 난 이제 외투 같은 것 없어도 된다.' 라고 외친 이유는 무엇인가요?

2. 미하일은 왜 거만한 신사의 부탁대로 장화를 만들지 않고, 슬리퍼를 만들었나요?

3. 「사랑이 있는 곳에 신이 계신다」에서 마틴은 힘든 젊은 날의 괴로움을 어떻게 이겨 낼 수 있었나요?

4. 다음 구절이 우리에게 주는 가르침은 무엇인가요?

'누구든지 자기를 높이는 사람은
낮아지고, 자기를 낮추는 사람은
높아지리라.'

5. 구두 수선공 마틴이 젊은 시절 하느님을 원망했던 까닭은 무엇인
   가요?

6. 다음 밑줄 친 부분은 사과 장수 할머니가 사과 훔친 아이를 용서하
   는 마틴을 나무라며 한 말입니다. 그렇게 말한 까닭은 무엇인가요?

마틴은 바구니에서 사과를 한 개 집어
사내아이에게 주었습니다.
"할머니, 사과 값은 제가 내겠어요."
"당신은 이 녀석을 응석받이로 만들고 있어요.
이렇게 나쁜 놈은 절대 잊을 수 없도록
호되게 매질을 해 줘야 한다고요."

7. 「세 아들의 일생」에서 셋째 아들이 생각해 낸 방법은 어떤 점에서
   훌륭한가요?

8. 「뛰어난 재판관」에서 재판관은 왕과 거지에게 자기 말을 찾아보라고 하고 사실은 무엇을 관찰했나요?

9. 재판관은 어떤 상이 이 세상에서 가장 큰 상이라고 했나요?

10. 바워구스 왕이 재판관을 찾아 나설 때 상인으로 변장을 한 까닭을 써 보세요.

11. 「두 친구」에서 이아네스키의 집에서 일하던 하인들은 쫓겨나면
    서도 불평을 하지 않았습니다. 왜 그랬나요?

12. 다음은 이아네스키가 죽을 날을 기다릴 때 꿈 속에 나타난 천사
    가 한 말입니다. 천사는 어떤 뜻으로 이 말을 했는지 써 보세요.

> "그래, 잘 생각하였다. 반성하는 사람이 참다운 사람이다. 후회는
> 아무리 빨라도 이미 늦은 것이지만 반성은 아무리 늦어도 빠른 것이다."

13. 왕이 현자의 일을 끝까지 도와 주지 않았다면 어떤 일이 벌어졌
    을까요?

14. 농부는 버는 돈을 모두 세 곳에 쓰고 있다고 했습니다. 그 세 가
지가 뜻하는 것은 각각 무엇인가요?

_____

_____

_____

15. 다음은 마틴과 스체파누이치의 대화입니다. 밑줄 친 말이 뜻하는
것은 무엇인지 써 보세요.

"꿈이었는지 생시였는지 잘 모르겠네만,
어젯밤에 이상한 소리를 들었네. 일을 마치고
예수님 이야기가 적힌 복음서를 읽고 있었지.
예수님이 괴로움을 당하신 이야기며, 사방을
돌아다니며 사람들을 가르치신 이야기를
읽고 있었네.
자네도 읽어 보았겠지?"
"가끔 이야기로 듣긴 했지만 나는 눈 뜬
장님이라서……." 스체파누이치가 어린아이처럼 얼굴을 붉혔습니다.

_____

_____

_____

● 논술 능력 Level Up!

1. 다음은 미하일과 함께 집에 돌아온 세묜을 본 마트료나의 생각입니다. 살다 보면 이처럼 안 좋은 일들이 겹쳐서 일어날 때가 있는데, 만일 내게 이런 일이 일어난다면 어떻게 할지 써 보세요.

'아무것도 사 오지 않았군. 더구나
입고 나갔던 옷마저도 낯선 사람에게
벗어 주고 빈손으로 들어왔어. 있는 대로
모두 술을 마셔 버린 모양이로군.
틀림없이 이 낯선 사람과 함께 퍼마시고
그것도 모자라 집에까지 끌고 온 거야.'

2. 미하일은 '사람은 자신에 대한 사랑이 아니라 남을 위한 사랑으로 살아간다.'는 것을 깨닫게 됩니다. 이처럼 우리 주변에서 남에게 사랑을 베풂으로써 진정한 삶의 의미를 깨닫게 되는 경우를 찾아 적어 보세요.

3. 다음은 「뛰어난 재판관」을 읽고 나서 나눈 친구들의 대화입니다. 대화 내용을 잘 읽고 질문에 답하세요.

> 영희: 그 재판관은 정말 현명하지? 어떻게 그런 생각을 다 했을까?
> 경호: 난 그의 판결이 반드시 맞다고는 생각하지 않아. 농부의 아내라도 얼마든지 잉크병을 깨끗이 채울 수 있어. 농부라고 평소 글을 읽지 말라는 법 있나? 그의 아내도 마찬가지고 말이야.

경호의 말을 듣고 어떤 생각이 들었나요? 친구 또는 부모님과 이 문제에 대해 대화를 나눈 뒤 글로 정리해 보세요.

4. 많은 사람들이 마틴을 '분명한 사람'이라고 칭찬했습니다. 그 이유는 무엇인가요? 여러분 주위에도 이처럼 칭찬받을 만한 친구가 있는지 살펴보고, 그 친구의 좋은 점을 써 보세요.

5. 「세 아들의 인생」에서, 아버지는 세 아들에게 재산을 똑같이 나누어 주면서 '아비처럼 살아라. 그러면 행복한 삶이 될 것이다.'고 말했습니다. 만일 여러분에게 생각지도 않은 큰돈이 생긴다면 어떻게 쓰고 싶은지 생각해 보고, 내가 노력해서 번 돈과 거저 얻은 돈의 가치가 어떻게 다른지에 대해서 말해 보세요.

6. 「세 가지 중요한 질문」의 답을 얻기 위해 현자를 찾아간 왕은 한 사나이의 배에 난 상처를 치료해 주고 뜻밖에도 질문의 해답을 얻게 됩니다. 여기서 작가가 말하고자 하는 교훈은 무엇일까요?

7. 「바닷물에 진주가 빠져도」와 비슷한 이야기로 '우공이산'이라는 고사성어가 있습니다. 이 고사에 얽힌 이야기를 찾아 간단하게 쓴 다음, 두 이야기의 공통적인 교훈을 찾아보세요.

8. 다음은 「두 친구」에서 처음에 친구의 가족에게 잘 대해 주던 이아
네스키의 마음이 어떻게 변했는지 나타내 주는 글입니다. 이러한
이아네스키의 행동에 대해 비판해 보세요.

• '으음, 제대로 되어 가는군.'
모든 일이 계획대로 이루어지자
이아네스키는 기분이 좋아졌습니다.
그는 서둘러 호로쇼프의 집을 팔아
버리고 그 돈마저 모두 챙겼습니다.
그뿐 아니라, 이아네스키는 호로쇼프
가 남긴 땅도 관리하기 시작했습니다.

• '옳지, 이 사람들을 그냥 먹여 주고 재워 줄 게 아니라 일을
시켜야겠군. 하인들을 모두 내보내고 대신 부려먹어야지.

 풀이

이해 능력 Level Up!

1. 5)   2. 2)   3. 2)   4. 1)   5. 2)   6. 3)   7. 1)

8. 1)   9. 5)   10. 1)   11. 3)   12. 1)   13. 1)

논리 능력 Level Up!

1. 수선비를 받아 털외투를 사려고 했는데 뜻대로 되지 않아 속상한 마음을 달래기 위해서였다.

2. 신사는 곧 죽을 텐데 그것도 모르고 일 년 이상 신을 장화를 만들어 달라고 하였다.

3. 고향 마을의 훌륭한 노인을 만나 하느님의 말씀대로 살아야 한다는 가르침을 받고, 복음서를 읽으며 남에게 봉사하는 생활을 실천하여 괴로운 마음을 물리칠 수 있었다.

4. 항상 겸손하게 자신을 낮추고 다른 사람을 위해 많은 일을 하라는 가르침을 준다.

5. 아내와 외아들의 죽음 등 자신에게 일어나는 비극을 견딜 수 없었기 때문이다.

6. 버릇없는 응석받이로 자랄까 봐 걱정이 되었기 때문이다.

7. 맏아들과 둘째 아들은 자기만이 즐겁고 행복한 방법을 생각하였는데, 셋째 아들은 다른 사람에게 기쁨을 주는 일이 곧 자기 기쁨으로 되돌아온다는 것을 깨닫고, 그대로 실천한 점이 훌륭하다.

8. 평소 주인이 자신의 말을 얼마나 잘 보살펴 주었는지 알아보려고 말이 주인에게 대하는 태도를 관찰하였다.

9. 왕으로부터 칭찬을 받는 것

10. 왕의 신분으로 나타나면 재판관이 왕에게 잘 보이기 위해 가식적인 행동을 할 수 있기 때문이다.

11. 친구의 가족까지 돌보느라 살림이 빠듯하다는 이아네스키의 말을 그대로 믿었기 때문이다.

12. 사람은 자신의 행동을 뉘우치고 고치려는 마음을 갖는 것이 중요하다는 뜻이다. 또 그저 실천 없이 후회만 한다면 이미 늦은 것이고 노력을 한다면 고칠 수 있다는 말이다.

13. 원수를 만나 목숨이 위험했을 것이다.

14. 부모를 돌보는 것과 아들을 키우는 것, 그리고 딸을 키우는 것을 의미한다.

15. 자기 눈으로 보고도 알지 못한다는 말이다. 본문에서는 스체파누이치가 글을 읽지 못한다는 것을 의미한다.

논술 능력 Level Up!

1. 예시 : 나는 먼저 외상값을 받으러 간 집에서 돈을 줄 때까지 버티고 앉아 끝내 돈을 받아 낼 것이다. 돈이 없다면, 수선비만큼의 물건이라도 받아 오겠다. 그 물건을 돈으로 바꿔 아내가 원하는 털외투와 맛있는 빵을 사 가지고 가겠다. 세몬처럼 추운 데서 떨고 있는 낯선 청년은 집으로 데리고 가서 아내에게 상황을 설명하고 이해시킨 다음, 따뜻하게 보살펴 주겠다.

2. 예시 : 천사 미하일은 하느님의 명령을 어긴 죄로 발가벗긴 채 쫓겨나 인간 세상에 와서 중요한 것을 깨닫게 되었다. 즉 모든 사람은 자신을 살피는 마음에 의하여 살아가는 것이 아니라 다른 사람을 아끼고 염려하는 사랑으로써 살아간다는 것이다. 우리 주변에도 '장기 릴레이 기증' 이라는 아름다운 사랑을 실천하는 사람들이 있다. 그들은 자신의 장기를 타인에게 기증함으로써 무엇보다 소중한 생명을 살려 내고 있다. 이보다 큰 사랑은 없을 것이다. 이런 타인을 위한 사랑을 통해 우리는 진정한 삶의 의미를 깨닫게 되는 것이다.

3. 예시 : 경호의 말대로 농부라고 해서 글을 전혀 읽지 않는다고 생각하는 것은 편견이다. 농부도 낮에 일하고 밤에 공부할 수 있다. 그러니 농부의 아내도 잉크병을 잘 채울 수 있는 것이다. 반대로 학자의 아내라고 반드시 잉크를 깨끗이 담는다는 법도 없다. 꼼꼼하지 못한 성격 탓에 잉크를 흘릴 수도 있고, 평소에 그

일을 학자가 직접 할 수도 있다. 따라서 그 이유말고도 다른 여러 가지 가능성을 따져 보고 판결을 내리는 것이 정확하다고 본다.

4. 마틴은 일거리가 많았는데도 일을 꼼꼼하게 하고 재료도 좋은 걸 사용하였다. 그리고 무엇보다도 정해진 날짜를 잘 지켰다. 기한 내에 끝낼 수 있으면 일을 맡았고, 그렇지 못할 경우에는 맡을 수 없는 이유를 분명하게 말하고 사양했다. 분에 넘치는 욕심을 부리지 않고, 자신의 일을 성실히 해 나가는 사람이 결국 목표를 달성하게 되고, 또 주변 사람들에게 좋은 본보기가 되는 것이다. 친구의 좋은 점을 꼼꼼히 살펴보고 무엇을 본보기로 삼을 것인지 써 보자.

예시 : 내 친구 호영이는 평소 책을 무척 많이 읽는다. 그리고 항상 말을 머릿속에서 한번 정리하고 나서 입 밖으로 꺼낸다. 그렇기 때문에 말실수가 거의 없고, 논리 정연하다. 나는 감정이 앞서 함부로 말을 하다 일을 그르치는 경우가 많다. 앞으로는 나도 그 친구의 논리적인 대화법을 배워야겠다.

5. 복권에 당첨되는 경우도 있을 것이고, 이 글에 나오는 형제와 같이 갑작스레 부모님으로부터 큰돈을 물려받게 되는 경우도 있을 것이다. 이럴 경우 나라면 어떻게 할까 구체적으로 생각해 적어 보자.

예시 : 먼저, 휴대폰이나 게임기 등 평소 갖고 싶었던 것을 사겠다. 그리고 주위의 어려운 친구들을 돕는 데 쓰겠다. 나는 아직

어리므로 큰돈이 필요하지 않다. 내가 열심히 노력해서 번 돈은 그 소중함을 알기 때문에 아껴 쓸 수 있지만, 거저 생긴 돈은 흥청망청 써 버리기 쉽다. 따라서 좋은 일을 하는 것이 나의 마음을 부유하게 만드는 최고의 저축이라는 생각이 든다.

6. 예시 : 왕이 현자를 찾아갔을 때 현자는 땀을 뻘뻘 흘리며 밭을 갈고 있었고, 왕은 그를 가엾게 여겨 밭일을 도와 준다. 그렇지 않았다면 그냥 돌아가다가 왕에게 형제의 원수를 갚으려고 기회를 노리던 그 사나이에게 목숨을 잃었을 것이다. 그리고 현자를 도와 가래질을 하고 있을 때 그 사나이가 상처를 입고 달려와 치료해 줌으로써 원수를 은혜로 갚게 상황을 바꿔 놓았다. 이것은 곧, 가장 적당한 시기란 '바로 지금 이 순간'이고, 가장 필요한 사람은 '바로 지금 당신 앞에 있는 그 사람'이며, 가장 중요한 일이란 '타인에게 선행을 베푸는 일'이라는 뜻이다. 작가는 이를 통해, 인간이 세상에 태어나 꼭 해야 할 일이 무엇인가를 일러주고 싶었을 것이다.

7. 예시 : 옛날 중국 어느 곳에 우공이라는 노인이 살고 있었다. 이 노인은 자기 마을 앞에 높은 산이 있어 다니기에 힘이 들자 산을 옮기기로 하였다. 마을 사람들은 우직하고 미련하다고 비웃었지만, 우공은 '내가 못 이루면 내 아들이 이룰 것이요, 아들이 못 하면 손자가 이을 것이니, 언젠가는 산을 모두 없애 길을 열 수 있을 것이오.' 하며 조금씩 흙을 파서 멀리 바다에 갖다 버렸다. 그러자 산신령은 우직한 우공이 반드시 그렇게 하

리라 걱정이 되어 옥황상제에게 아뢰었고, 옥황상제는 우공의 꾸준한 노력과 굽히지 않는 정성을 가상히 여겨 밤중에 몰래 산을 다른 곳으로 옮겨 주었다고 한다. 두 이야기 모두 꾸준히 노력하면 무엇이든지 다 이룰 수 있다는 교훈을 담고 있다.

8. 예시 : 호로쇼프의 재산이 탐나기 시작한 이아네스키는 남들의 의심을 사지 않고 친구의 유산을 차지하기 위해 그의 가족을 자기 집에 와서 함께 살게 했다. 그리고 호로쇼프의 땅도 관리하기 시작했다. 그런데 차츰 친구의 아내와 자식들을 하인처럼 부리고 친구의 유산을 송두리째 가로챘다. 우리는 다른 사람의 불행을 보면서 자신에게는 절대로 그런 일이 없을 거라고 자만한다. 하물며 자신이 다른 사람을 괴롭히면서 그런 자만에 빠져 있다면 곤란하다. '역지사지' 라는 말을 들어 보았을 것이다. 이 말은 '처지를 바꾸어 생각해 보라.' 는 뜻이다. 이아네스키 자신이 먼저 세상을 떠나, 호로쇼프에게 자신의 가족을 부탁했다고 입장을 바꾸어 생각해 보았다면, 그처럼 인정머리없는 행동을 하지는 못했을 것이다.

초등권장 도서 세계 명작 시리즈

※효리원 세계 명작 시리즈는 계속 발간됩니다!